世界神话与传说丛书

ITALIAN
MYTHS & LEGENDS

意大利
神话与传说

【英】莉莉雅·E. 罗曼诺 编著
【英】霍华德·戴维 绘

中央编译出版社

图书在版编目（CIP）数据

意大利神话与传说 /（英）莉莉雅·E. 罗曼诺编著；戴琪译 . —北京：中央编译出版社，2023.3
（世界神话与传说）
ISBN 978-7-5117-4173-8

Ⅰ.①意… Ⅱ.①莉… ②戴… Ⅲ.①神话—作品集—意大利 Ⅳ.① I546.73

中国版本图书馆 CIP 数据核字（2022）第 093163 号

意大利神话与传说

选题策划	张远航
责任编辑	赵可佳
责任印制	刘 慧
出版发行	中央编译出版社
地　　址	北京市海淀区北四环西路 69 号（100080）
电　　话	（010）55627391（总编室）　（010）55627362（编辑室） （010）55627320（发行部）　（010）55627377（新技术部）
经　　销	全国新华书店
印　　刷	北京雅昌艺术印刷有限公司
开　　本	670 毫米 ×889 毫米 1/16
字　　数	108 千字
印　　张	12.5
版　　次	2023 年 3 月第 1 版
印　　次	2023 年 3 月第 1 次印刷
定　　价	58.00 元

新浪微博：@中央编译出版社　　　微信：中央编译出版社（ID：cctphome）
淘宝店铺：中央编译出版社直销店（http://shop108367160.taobao.com）（010）55627331

本社常年法律顾问：北京市吴栾赵阎律师事务所律师　闫军　梁勤
凡有印装质量问题，本社负责调换，电话：（010）55626985

序　言

　　这些奇妙的故事独一无二，就如同孕育它们的土地一样美丽动人。

　　白雪覆盖的阿尔卑斯山脉广阔无垠；大森林茂密壮观，河水奔流不息；碧空万里，与宽广的湖面遥相呼应；橘树林和香桃木的清香沁人心脾，果实甘甜诱人；还有那春日里无边无尽成片盛开的杏花，秋季硕果累累的葡萄园……这些千姿百态的自然风光全都是故事的组成部分。

　　几百年来，意大利在文学、音乐、绘画、雕塑等领域的造诣享誉世界，还有古罗马时代的勇士闻名遐迩。

　　我还要告诉你，他们的仙子、魔法师、精灵、矮人、巨人，通通不比那些凡人巨匠逊色。等你读了这些了不起的故事，你便会赞同这个说法。这里有你见过最迷人、最善良的仙子，有最恐怖的巨人、最邪恶的老巫婆，还有最最美好的事。

　　这的的确确是一本奇书。

埃里克·弗里登堡

目 录

追寻金尾鸟　　　　　　　　001

马尔康塞尔湖　　　　　　　023

白岩羚羊的传说　　　　　　034

小山羊脸的故事　　　　　　044

露希拉　　　　　　　　　　062

维奥拉　　　　　　　　　　077

桃金娘的孩子　　　　　　　092

菲拉多罗　　　　　　　　　117

小猫仙子　　　　　　　　　134

三个石榴　　　　　　　　　155

小懒虫的故事　　　　　　　172

追寻金尾鸟

很久很久以前，在圣菲亚切托王国有一位女王，她长得非常美丽，可个性却十分傲慢，难以相处。一天，她在王国内驾车巡视时，看到一间破破烂烂的小屋前有一位跛脚驼背的男孩。恶毒的女王讨厌看到丑陋的东西，于是她尖声大笑起来。男孩伤心地哭了。男孩的妈妈正在屋子里，看到这一幕后非常难受，愤怒极了，于是她找到仙子们，控诉嘲笑可怜跛脚男孩的坏女王。

"女王会因此付出代价的。"仙子们说。

女王有一个独子，叫作乔瓦尼诺，是方圆几百里最英俊的年轻男孩，她一直以此为傲。这件事发生后几天，乔瓦尼诺的手上和脸上开始长出毛发，不久便长满了全身。接着，他慢慢由站立行走变成四

意大利神话与传说

肢着地爬行,变成了一只丑陋不堪的猪!

你可以想象到女王看到这一幕的恐惧了!她哭着去找仙子们,求她们把她的儿子变回之前英俊的样子。但是仙子们只低声说了一些女王听不懂的话,便离开了。女王只能回到不再幸福的王宫,看到乔瓦尼诺在泥里打滚,全身脏兮兮的,令人生厌。

追寻金尾鸟

不过乔瓦尼诺却明白自己的命运，因为有一位仙子教母曾到他的梦中告诉他事情原委。他知道，除非有一位漂亮姑娘和他相爱，并愿意嫁给他，否则他会一辈子都做一只肮脏的猪。有一天，他在王国里闲逛的时候，走到了一个磨坊。那里住着磨坊主和他的三个女儿，她们是圣菲亚切托王国最美丽的姑娘。大女儿站在门口，乔瓦尼诺走向她，女孩却把他赶走了，喊着："滚开，脏兮兮的猪！"

可怜的乔瓦尼诺滚下台阶，感到羞辱极了。一位王子竟被一个磨坊主的女儿这样对待！他回到家后，把自己关在房间里，几天都不肯吃喝。

过了几天，他下定决心，准备再试试运气，于是他又去了那个磨坊。二女儿坐在台阶上，当乔瓦尼诺走近她的时候，她大叫："滚开，你这讨厌的猪！"

乔瓦尼诺感到非常难过，他想：自己永远、永远也不会找到一位美丽的女孩愿意接近他，更不要提嫁给他，他会永远做一只猪，直到死去。于是他躲在床下，很长时间都不愿出来。

终于，他再一次爬出来，小跑着去了磨坊。院子里站着磨坊主最漂亮的小女儿，她正忙着喂鸡。

"要是她踢走我，我就去死，做个了结。"乔瓦尼诺一边接近她

追寻金尾鸟

一边自言自语。这时的他看上去不太惹人喜欢,因为从王国来的路上有几个池塘,他刚在泥里打了滚。但他还是振作起来,慢慢靠近菲尔米娜。然而,她并没有把他踢走,反而温柔地说:"你这可怜的小猪!"

乔瓦尼诺受到极大鼓舞,走得更近,低声说:"美丽的磨坊主女儿,告诉我,你认为自己会爱我吗?"

"是的,我会,可怜的小猪。"菲尔米娜回答。

乔瓦尼诺听到回答后鼓起勇气,结结巴巴地问:"美丽的磨坊主女儿,你愿意嫁给我吗?"

"是的,我愿意。"女孩回答说。

于是,变成猪的王子激动万分地将他的新娘带回王宫。臣民知道王子找到了愿意嫁给他的人后十分开心。虽然王子很丑陋,但婚礼华丽且隆重。

等到只剩乔瓦尼诺和他的新娘单独待在一起的时候,忽然间,他变回了从前的英俊王子。他告诉高兴的菲尔米娜:"如果在三个月零三天三个小时里,除了你之外没人看到我的模样,没人知道这件事,我便会一直保持现在的样子。"

当然,菲尔米娜保证决不会对任何人说起此事。头两个月他们生活得非常幸福。但接着有人开始嫉妒，因为磨坊主的女儿看上去那么幸福，和她的丈夫是那么相爱，即便他是一头猪。于是人们开始散布流言说，菲尔米娜要么是看上了王子的身份，实际上她非常讨厌乔瓦尼诺；要么就是有什么秘密，王子其实并不总是一头讨厌的猪。

这些流言蜚语传进了女王的耳朵。其实女王也早有怀疑，而且觉得她的儿媳妇肯定知道一些她不知道的事，感到非常嫉妒。她放心不下，一天晚上把菲尔米娜叫来，问道：

"告诉我，磨坊主的女儿，你为什么嫁给我的儿子？"

"因为我爱他。"

"我听说，我儿子有时候会变回英俊的模样，这是真的吗？"

"可能是真的，也可能不是。"

"我儿子单独跟你在一起的时候是什么样子？"

"我不能说。"

听到这回答,女王越来越气愤,她大喊道:"等他睡着了我便能看到。"

"您不能那样做。"菲尔米娜说。

"你这小东西胆敢放肆!"女王突然暴怒,大喊:"我便让你瞧瞧你敢对女王无礼的下场。我想什么时候去看我儿子便什么时候去,不管你愿不愿意。我是女王,这里只有我能下令。要是你敢再多说一句,我便把你愚蠢的小脑袋砍掉。"

"那好吧。"菲尔米娜抽泣着说。

于是那天夜里,等乔瓦尼诺睡着后,菲尔米娜把房门的锁打开让女王进来。女王看到她的儿子英俊潇洒的模样后忍不住喊出来:"哦,我的儿子,你多么英俊啊!"乔瓦尼诺被惊醒,一下子变成一只金色尾巴的鸟,从窗户飞出去了。离开前,他对妻子说:"要想找到我,你必须行走七年,穿破七双铁鞋,用你的眼泪盛满七个长颈瓶,到那时我们才能再次团聚。"

说完他便飞走了,留下一条金色的痕迹。

磨坊主的女儿意识到她的乔瓦尼诺真的消失了,哭得伤心极了。不过,想起他离开前说的话,她立即准备了七双铁鞋,七根用来在路上支撑自己的铁棍，开始了残酷命运注定的悲伤旅程。她走了一个月又一个月，穿过高山和平原，翻过危险的悬崖峭壁，穿越布满荆棘的灌木丛，在一个又一个陌生的国度里寻找，向遇到的每一个人询问他们是否见过金尾鸟的踪迹。但没有人见过。

她走了快七年，所有的铁鞋都走坏了，只剩脚上穿的那一双；所有的铁棍都磨没了，只剩杵着的这一根；她昼夜哭泣，泪水已经流干了，装满了七个长颈瓶。一天，她走进了一片黑暗的丛林，在一个昏暗的角落里，她看到一间小屋，一位脸上刻满皱纹的老妇人站在窗前。于是菲尔米娜问道："亲爱的婆婆，您有没有见过一只金尾鸟？"

"我没有见过，亲爱的姑娘。我的丈夫也许见过，但你最好在他回来之前赶快离开。他是个食人魔，要是让他发现你在这儿的话，他会吃掉你的。这里是食人魔的国度。"

"善良的食人魔婆婆，请让我藏在你的屋子里吧，也许我会听到我的乔瓦尼诺的消息呢。我太累了，今晚再也走不动了。"

食人魔婆婆一开始不愿意让她进屋，因为她知道她的丈夫肯定会把这可怜的小姑娘吃掉，她可不想这样。但是菲尔米娜仍然坚持，老妇人只好让她进来，把她藏在一个空木桶里。

追寻金尾鸟

食人魔回到家，到处闻来闻去："我知道这儿有吃的，她在哪儿？"

"这儿绝对什么都没有，你个傻老头，"他的妻子说，"不过今天早上有人来打听你有没有听过金尾鸟。"

"我没听过什么金尾鸟，"食人魔咆哮着，发出轰隆隆的声音，"但我知道这里有东西吃，我闻到了！"说着，他从口袋里拿出一只有魔法的哨笛。随着他吹响旋律，房间里所有的东西都开始跟着节奏叮叮当当地跳起来，四处飞来飞去。可怜的菲尔米娜还在木桶里！她被撞得浑身疼痛，但没有发出任何声音。终于，食人魔发现什么也吃不到后，不再追究，气呼呼地上床睡觉去了。第二天一早，他便起来出去寻找猎物。

他一离开，食人魔婆婆便打开空木桶让小姑娘出来，温柔地说："可怜的孩子，真抱歉。你全身都受伤了，却没有听到你的鸟儿的消息。拿着这颗栗子，等需要的时候便打开它。"

于是菲尔米娜离开了。她整天都在森林里寻找，直到夜里，她走到茂密森林后的一间小屋。菲尔米娜敲开门，乞求主人让自己在里面住一晚。

"姑娘，你还是赶快走吧，"开门的老妇人说道，"你难道不知道

这里是食人魔的国度吗？森林里全部是食人魔，要是马尔法托回到家发现你，会马上吃了你的。"

"亲爱的食人魔婆婆，我在寻找一只有金色尾巴的鸟儿。如果您的丈夫真的是食人魔，他可能会知道金尾鸟在哪儿。请让我进去试一试吧。"

善良的食人魔婆婆还是让女孩进来了，并把她藏在食人魔的一双鞋里。

马尔法托回到家后，开始闻空气里的味道。

"房子里有一个人类。"他对妻子说。

"别傻了，"他的妻子大声说，"现在没人在房子里，不过今天早上一个姑娘过来问我们知不知道金尾鸟。"

"我不知道什么金尾鸟，"马尔法托咆哮着，"但是要让我发现有东西藏在这儿，我可不会让你好过。"他拿出一只哨笛开始吹奏，房间里的东西全部动了起来，椅子飞到窗台上，桌子撞到屋顶，藏着菲尔米娜的鞋子也飞上飞下，重重地撞到地板，发出巨大的声响。菲尔米娜以为自己要死去了，却还不知道乔瓦尼诺在哪儿。

早上，马尔法托离开以后，他的妻子让女孩出来，给了她一个胡桃，告诉她："当你需要的时候便打开它。"

磨坊主的小女儿小心翼翼地爬出来，感到疲惫又伤心，还浑身疼痛。但她不愿停下来休息，到了晚上，她走到了森林边上的一间小屋。一位可怕的女巫站在窗前，看到小菲尔米娜走近时生气地大喊："滚开，你个蠢东西，不然我就打你了。"

"夫人，求求您告诉我，您有没有见过一只金色尾巴的鸟儿？"

"带着你的铁鞋滚开吧！我不知道什么金色尾巴的鸟儿。我敢说我的丈夫知道，因为他无所不知。你可能也听过曼贾鲁皮的大名。要是他看到你，准会把你连着你的铁鞋一起吃掉。哈哈哈！"

"求求您了，夫人，请让我进去过夜吧。如果有机会能知道我的鸟儿在哪里，我愿意付出一切。请让我藏在您的房间里！"

"好吧，要是你想要被吃掉，就进来吧。"食人魔婆婆的语气没那么粗暴了。等菲尔米娜进来，她把她藏在了地窖堆满垃圾和石头的角落里。

夜幕降临，曼贾鲁皮气呼呼地回到家。他一走进房间就到处闻来闻去，大声说："我闻到了鲜肉的味道。"

"安静点，你个蠢东西，"他的妻子怒吼道："不过你这个老东西应该可以告诉我金尾鸟的下落。"

"我上哪儿知道什么金尾鸟？我是风之国王吗？你把鲜肉藏在哪

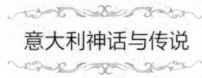

儿了?"

他的妻子并没有告诉他任何信息,还破口大骂。于是他拿出魔笛,吹响食人魔的旋律。整个房子都跟着跳起舞来,椅子、火炉、橱柜、桌子,一切都随着旋律转圈,好似被飓风席卷。就连可怜的食人魔老婆婆也被扔到空中,撞到窗台和天花板。

至于藏在地窖石块和垃圾堆里的可怜的磨坊主女儿,你可以想象她的境遇有多难过,她是如何被甩到墙上,又被藏身的石块砸伤。

过了很久,曼贾鲁皮终于累了,停下了笛声,于是一切又重回寂静。这时,可怜的姑娘已经被砸得青一块紫一块,甚至还流血了。但幸运的是,曼贾鲁皮没有发现她。他像一只愤怒的大熊,脑袋酸痛地咆哮着上床睡去了。

清晨,等食人魔离开后,食人魔婆婆找到菲尔米娜说,她最好抓住机会逃跑。可怜的老婆婆也浑身疼痛,但她似乎对这位为了找到自己所爱而承受痛苦的女孩更加温柔了。

"你听到昨晚曼贾鲁皮说的了吧?你不该向食人魔打听你的鸟儿的消息,唯一知道的人是风之国王。"

"谢谢您,夫人,"菲尔米娜大声说,听到这个消息开心极了,"请告诉我,风之国王住在哪里呢?"

追寻金尾鸟

"看到远处的大路了吗？他们都住在那儿。赶紧去吧，不然你会让我惹上麻烦的。这颗花生给你，当你需要的时候就打开它。"

食人魔婆婆虽然态度粗鲁，但帮了她的大忙。磨坊主的女儿谢过食人魔婆婆之后，便踏上了寻找风之王国的路。

她走啊走，长途跋涉，穿过了黑暗且满是野兽的丛林，越过湿地和沼泽，游过河流，走过长满了荆棘的灌木丛，带刺的灌木划伤了她的手脚，她害怕极了。终于，她抵达了山脚，山顶上就是风之王国。

她在那儿歇脚，休息了几分钟，然后开始向上攀爬陡峭的岩石。最后，她爬到了山顶，站在一扇敞开的大门前，一阵风把她推进一间宽敞的拱形房间里，里面没有任何家具，因为所有的家具都在风儿们任意进进出出时被摧毁了。

"求求您，好心的风儿，"菲尔米娜对风儿说，她被吹得瑟瑟发抖，"求求您告诉我金尾鸟的下落，好吗？"

"我不知道，孩子，不过你可以去问问我的兄弟东风，他或许知道。"说完，风儿呼啸着冲出房间。这时，菲尔米娜感到一股力量推着她，让她重重地撞在墙壁上，这是东风气冲冲地吹进来了。但是东风没有鸟儿的消息，他愤怒地离开，猛烈的风让她颤抖，感到又冷又痛。

接着南风温柔地吹进来，说他也不知道鸟儿的消息，不过北风肯定知道。南风离开了，把菲尔米娜留在地板上，因为南风虽然看上去温柔又平静，刮起来也同样威力十足。

北风突然匆匆地冲进来，房间里几乎像是结冰了，磨坊主的女儿因为寒冷而打着寒战。北风呼呼地吹着，整个房间都随之颤抖。可怜的菲尔米娜又冷又怕，瑟瑟发抖。北风用粗暴的声音问道："你想知道什么？"

"好心的北风，我想找到一只有金色尾巴的鸟儿。"

"我当然知道他在哪儿了，北风无所不知。金尾鸟离这儿有几千里远。如果你不害怕，就跳到我的背上，我会带你去那儿。"

菲尔米娜一想到要坐在咆哮的风中飞上几千里，就非常恐惧，但她一句话也没有说，勇敢地坐到北风的背上。北风狂暴地冲出去，像闪电一般迅速。

前一秒他还在海面上激起波澜，下一秒便冲过世界上最高的山峰。接着他们在深渊中上下翻滚，以每小时几千里的速度四处驰骋。磨坊主的女儿在北风的背上，感到自己的皮肤在风的吹打下迅速衰老、枯萎，变得丑陋不堪。她多么疲惫啊！北风速度飞快，她几乎没

追寻金尾鸟

办法呼吸,她觉得自己再也承受不住了。终于,北风逐渐慢了下来,不一会儿,把她放到一间房屋外优美的草坪上。

"看到那座漂亮的城堡了吗?你的小鸟儿便住在那里,不过我要警告你,从今天开始,他便不再是一只鸟儿,而是英俊的王子。再会吧,祝你好运!"说着北风一眨眼,冲向北极,准备去看看他不在的时候他的王国都发生了些什么。

等磨坊主的女儿稍稍歇息喘过气来,就朝着农场走去,因为她还不敢去房子的前门。她还没开口,从房子里走出来的人好心地问道:"可怜的小婆婆,您想要什么?"

的确是可怜的小婆婆!她经受了那么多、那么多年的折磨!她怎么能去找现在是个英俊少年的乔瓦尼诺呢?他一定认不出她来——那个七年前的漂亮新娘,他一定会把她扔出去的!她的眼里噙满泪水,但是她勇敢地忍住,对农场主说:"善良的农场主,请给我一份工作吧。"

"很好,"农场主说道,"我们有一位照顾鹅的姑娘正好离开了。要是你愿意,你便替代她做这份工作吧。我敢说这一定不会太过劳累。"

于是菲尔米娜开始照料一大群鹅。当她来到草地的小溪边,盯着清澈的水面上倒映出来的自己，她看到了一个丑老太婆，皮肤像土豆一样皱皱巴巴，衣着破破烂烂，落满灰尘，还有些驼背。

"这些年的经历让我变成了什么样子啊！"她绝望地哭泣，"现在，即便我能见到我的乔瓦尼诺，他也认不出我了。要是现在他还是一只可怜的小猪，就像我当初嫁给他时那样就好了，我现在这么丑陋也没有关系。但他是英俊潇洒的王子，决不会想和我扯上关系的。"

她说着这些，鹅群们开始嘎嘎地笑起来，喊道："栗子在哪里？"

这时菲尔米娜才想起来她遇到的第一位食人魔婆婆给她的栗子，她立刻打开了它。一条绝美的裙子变了出来，那是用材质上等的丝绸制成的，颜色同天空的色彩一般绚丽，上面还绣着金色的鸟儿。磨坊主的女儿立刻穿上，忽然间，她的皱纹神奇地消失了，蓝色的眼睛重新变得闪亮，头发如金色的丝绸般顺滑有光泽，双手重回白皙光滑。现在，她变得比乔瓦尼诺在她父亲的磨坊见到她时更加美丽动人了！

鹅儿们看到后立刻喊着："哦，我们的女主人多漂亮啊！我们的女主人多漂亮啊！"

住在城堡里的老女王娜斯图齐亚一直想让乔瓦尼诺娶她为妻，

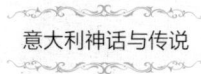

她听到鹅儿们的声音后匆匆赶来。王子拒绝娶她，不光因为她又老又恶毒，还因为他仍然期待着他的菲尔米娜有一天会找到他。所以老娜斯图齐亚把他囚禁在城堡里，不让他踏出半步。现在，娜斯图齐亚看到了这漂亮的裙子后便立即想要得到它。她不仅丑陋，还爱慕虚荣。

"如果您愿意让我今晚待在王子的房间，我便会把裙子给你。"

"好，你可以待到破晓雄鸡初啼。"女王回答，然后带走了裙子。但是晚上，她下令在王子的晚餐酒中放入致人昏睡的迷药，于是王子在餐厅睡着了，被人抬到楼上的房间。过了一会儿，菲尔米娜走进来，哭着说："七双用坚固的钢铁打成的鞋子，为了寻找我的爱人全都磨破了！七双用纯铁制成的铁棍，在寻找爱的路程中全部磨平了！七年漫长又残酷的岁月里，我用七个长颈瓶盛满了苦涩的泪水。现在我终于找到了你，我的爱人，我的亲爱的，你却沉睡着听不到我的悲伤！"

整晚都像这样，她悲伤地哭泣，试图唤醒她的丈夫。但迷药的效力是那么强，乔瓦尼诺一直沉睡到清晨降临，第一声公鸡啼叫。菲尔米娜不得不离开，回去照顾她的鹅儿们。

下午的时候，在草地上，她打开了胡桃，一条比前一天更加华美的裙子变了出来。鹅儿们再次围在一起，叫着："哦，我们的女主人多漂亮啊！我们从未见过这么美丽的人！"于是娜斯图齐亚再次赶来，以同样的条件换来了裙子。但是女王再一次下令在乔瓦尼诺的酒里下了迷药。无论菲尔米娜哭得多么撕心裂肺，她的丈夫仍然沉睡到破晓，她不得不离开。

接下来的一天，菲尔米娜打开了最后的花生。啊，多么漂亮的裙子啊！那上面有东方之夜最美丽的色彩，装饰着明月和所有星辰的光辉。即便在几里之外你也能看到它是那么耀眼！娜斯图齐亚再次以同样的条件换来了裙子，但磨坊主的女儿感到难过极了，因为这是她最后的机会。如果这一晚乔瓦尼诺不醒过来，她只得离开，再也见不到他了。

那一晚，坐下吃晚餐前，乔瓦尼诺问斟酒的侍从："告诉我，为什么前两晚我都在餐桌上睡着？"

"小心红酒，王子，"斟酒的侍从回答道，"还有，王子，每天晚上我们都听到您的房间里传来呜咽和呻吟。您是否有听到过什么？"

"我还没有听到过，不过我会小心的。"乔瓦尼诺说。于是那一晚，王子并没有喝下了迷药的红酒，而是趁着没人注意的时候把酒倒在桌下，并且提早回到了房间。等菲尔米娜进去的时候，她看上去比之前更加美丽，但是多么悲伤啊！她开始讲述她的故事："七双用坚固的钢铁打成的鞋子……"她的丈夫立刻认出她来,把她拥入怀中,亲吻她,告诉她他是如何等待着她,等待她来营救他。假如她那天没有前来打破魔咒,那么他便要和老娜斯图齐亚结婚,不然就会永远变成一只鸟。

早上,乔瓦尼诺的面上洋溢着幸福的光芒,他带着美丽又忠诚的妻子一起下楼。当娜斯图齐亚看到他的时候,心里便明白她的权力已逝,又气又恨,生生把自己气死了。于是乔瓦尼诺和菲尔米娜成了这美丽城堡和王国的统治者。

几天后,乔瓦尼诺举办了盛大的晚宴,庆祝他再次变回人类,以及同他忠诚漂亮的新娘团聚。邻国所有的王子和国王们都前来庆贺,人人都称赞菲尔米娜的美丽和善良的举止。就这样,乔瓦尼诺和磨坊主的女儿从此永远幸福地生活在一起,他们爱着彼此,并且爱得一天比一天深。

有人看到他们一起变老,故事就这样被传颂开来。

马尔康塞尔湖

在遥远的地方,意大利灿烂耀眼的阳光下,坐落着白雪皑皑的阿尔卑斯山。山脉巍峨壮观,好似奇特的雕塑,在蔚蓝的天空下清晰地勾勒出天际线。

终年不化的积雪覆盖在岩石表面上,如星般点缀着可爱的小花,或许是天使和精灵在午夜翩翩起舞时洒下的魔法。火红的杜鹃、淡蓝的三色堇、粉色的银莲和黄色的高山雏菊,只有在这冰川山脊中才能看到;而生长在最危险的地方,让任何想要采摘的人不得不望之却步的,是最纯白无瑕、最柔软的雪绒花,那是雪地中的星。

在那些花和岩石之间有一片湖泊,仿佛是从雪国女王的王冠上坠落的蓝宝石一般。湖水是那么清澈,那么湛蓝,人们说那是偶然掉

马尔康塞尔湖

落在人间的一小片天空。

小湖离村庄很远,几乎看不到人烟。只有岩羚羊偶尔在觅食时来到湖畔喝纯净的湖水。湖面之上,雄鹰在湛蓝的天空下盘旋翱翔,寻找它的猎物。

湖面是如此美丽平静,山野自由静谧,似乎不可能有任何事物可以打破这里的宁静。然而这如水晶一般透明的湖水,却拥有一个深不可测的秘密。这个秘密风儿知道,又传到山下大片的落叶松林之中,还有坐在山巅之间,几乎可触到天空的高高王位之上的白雪女王也曾听过。

我在一个静谧的夜晚听到了一个秘密。那时我坐在湖边的石头上,数着天上坠落的流星,听着从湖泊中流出的潺潺溪水声。溪水似乎在匆忙地追逐,想要抵达有人居住的山谷。在那里每天都发生着许多山林不知道的怪事。这个秘密我将要讲给你听。

很久很久以前,在落叶松林下的山腰有一个满是灰色石头建筑的小村庄。村庄里住着老人麦格娜·玛蒂克和她的儿子伦佐。伦佐是山谷里最英俊潇洒的牧羊人,他身材高大,一头乌黑卷曲的秀发,那双深棕色的眼睛明亮又狡黠,让人过目难忘。

伦佐和他妈妈的生活非常富足:他们有几只绵羊和山羊,两头牛，一头猪，还有很多母鸡。他们两个人每日劳作。当伦佐每天下山去卖黄油和奶酪的时候，姑娘们看到他精致健康的容貌，总会和身边的朋友说："猜猜他将来会娶谁呢？做他的新娘该有多幸运快乐啊。"

伦佐才十八岁，虽然他喜欢女孩子，尤其是市长的女儿，但他还没有想过要选新娘。市长的女儿漂亮极了，比伦佐小两岁。她知道自己的心里有一处柔软的地方留给了英俊的牧羊少年。当伦佐下山来市集的时候，她总是想办法出现在她的阳台浇花，而她本身就是最美丽的一朵。每一个春夏晴朗的日子里，伦佐都会去山上的落叶松林放羊。羊儿们自由地吃草散步时，他会躺在柔软干燥的草地上，在落叶松或高山杜鹃下乘凉。头顶上，猎鹰在蓝天下绕圈翱翔。

八月一个晴朗的午后，山林中的一切都归为静谧，他像往常一样躺在草地上，感受着清凉的山风轻轻拂过，这时他听到了美妙的声音。那是从远方传来的音乐，听上去像是回声，并不真实——歌声那么甜美温柔，旋律那么和谐，绝不可能是凡人的声音，倒像是天使的歌喉。

伦佐听着，几乎入了神，直到最后一个音符消失在空气中。他站起来，开始四处寻找着声音的出处，想要找到那位神圣的歌唱者。

但是他没有看见任何人，灌木丛中什么也没有，落叶松林里也无迹可寻，岩石间只有羊儿们在安详地吃着草，高山岩羚在险峻的山坡上散步。那里的确是非常危险的陡坡，它们看起来几乎要从高处掉下来摔断脖子了，但岩羚羊们懂得如何避开危险，不让自己受伤。

那天晚上，牧羊星从雪山顶上升起的时候，伦佐带着他的羊群们踏上了回家的路。往常他总会开心欢快，不知疲倦地唱着山歌，但这一晚他看上去十分恼火和沮丧，因为他没能找到那美妙歌声的主人。

"亲爱的儿子，你怎么啦？"麦格娜担心地看着他问道，一边将热好的牛奶倒进黑陶碗里。

伦佐吃了一些刚烤好的黑麦面包、家里自制的奶酪，还有由高山的花酿出的蜂蜜。他本不想讲话，不过他的妈妈那么急切地看着他，而他也从未对她隐藏过秘密，所以他还是把那美妙的音乐和自己徒劳的搜寻告诉了妈妈。

麦格娜皱着眉。"听我说，儿子，"她说，"你还年轻，你不明白。小心啊！小心！这其中隐藏着魔法。是法缇娜仙女盯上了你。千万不要追随她！我的儿子，不要追随她！"

"妈妈，谁是法缇娜？"伦佐激动地问，"求求你了，告诉

马尔康塞尔湖

我吧!"

"现在魔法还在,说出来会有危险,我的儿子,"老妇人说道,自觉地压低声音,"等你再长大一点儿我便告诉你。但你要记得当心阿尔卑斯山里的神秘声音。"

麦格娜只说了这么多。伦佐从不会违背她的母亲,但她的话却让他更加急切地想要见到法缇娜,想要再一次听到那神奇的声音。

第二天他又四处搜寻,找遍了他能找到的一切角落,仍毫无结果。大山不愿透露她的秘密。于是他走得更远,再一次听到了歌声,可是仍然看不见歌唱者的踪迹。

伦佐变得愈发悲伤难过,当他再一次下山到市集的时候,他忘记了哼唱平时的山歌小调,也没有看给天竺葵浇水的市长的女儿。因为被浇了太多水,天竺葵死了,漂亮的姑娘哭了一天一夜。

有一天,伦佐回到松林时,他发现一只岩羚羊丢了,那是羊群中最漂亮的一只。他跑去找它,一直向山上爬,一直到了故事开头提到的那个湖边。

到了那里,突然间,神圣的旋律再次出现在他耳边,他惊奇地环顾四周,发现湖对面站着一位惊为天人的美丽少女。

尽管山谷中的女孩十分标致,但他从没见过这么可爱婀娜的。

马尔康塞尔湖

她身材高挑，体型纤细；一头亮丽的秀发自然地卷曲，看上去就像是闪闪发光的金子，几乎垂到她的膝盖；她的嘴唇如鲜红的康乃馨，一双大大的蓝色眼睛，对比起来，连天空和湖泊都略逊一分姿色。她就站在那里，亭亭玉立，对着伦佐微笑，他一看到她便激动地狂喜。

他想要到她身边去，却似乎不可能做到——这湖面太宽，湖水太深了，而他没有船只。他难过地几乎要哭出来了，这时湖对面的美

人朝着水面伸出手,说道:"走过来!"

奇迹出现了!湖水立刻结了冰,就像在严冬。冰面仿佛一块巨大的玻璃,为他铺好了路。

"过来!"法缇娜说,伸手对他敞开怀抱。

伦佐完全被迷住了。他忘了妈妈的警告、走丢的羚羊,还有给

马尔康塞尔湖

天竺葵浇水的市长的女儿,踏上了结冰的湖面。

他走到湖中央,那里湖水最深,很多人相信那儿深得可以直达地心,这时冰忽然消失了。伦佐被一股神秘的力量拉到深处,法缇娜也从湖岸消失了。她白皙的手臂很快环绕在伦佐的脖子上,她亲吻着他,带着他去到最深处她住的宏伟的地宫……

……

那一晚,小小的羊群们不得不独自回家了,曾经幸福的小木屋充满了悲伤。

在风雨交加的漆黑夜晚,湖水在暴风中掀起波澜和泡沫时,人们能看到马尔康塞尔湖边坐着一个黑色的人影正在凄惨地哭泣。那是伦佐的母亲在呼唤着她失去的儿子。

每年,在某一个宁静的夏日傍晚,当明亮的牧羊星在雪山顶上升起,天空被落日余晖染红,如果你透过马尔康塞尔湖清澈湛蓝的湖水向下看,便能清楚地看到,在深处,两个年轻人亲吻着,一个白皙美丽、一个黝黑英俊。那是法缇娜和伦佐,他们仍在一起——

年轻,漂亮,幸福美满,无忧无虑。

这就是风儿告诉我的秘密。

白岩羚羊的传说

意大利巍峨耸立的阿尔卑斯山脉中，有一座最高、最美丽壮观的山，它伫立在群山突兀的峰顶和峭壁之间，似乎可以直触云端。那里有厚厚的冰雪覆盖，只有坚强的杜鹃花和耐寒的雪绒花才能在山坡上生长。激流在沟壑的岩石之间跳跃，在撞击间，银色的水花如泡沫一般向前激涌。阳光照耀下来，似乎在和谐地演奏着一曲虹之乐章。

这座壮丽的山峰就是特里科诺山。其中一座名为利科峰的山顶，有一个巨大的山洞，那里藏着世界上最珍贵的宝藏。

一群小小的地精穿着春天草地颜色的衣服，戴着尖顶帽，身上的小银铃铛欢快地叮叮当当作响。他们是山的精灵，职责便是认真地守护着这些宝藏，不让住在山下的贪婪的人们靠近。那些人总是想偷

白岩羚羊的传说

偷摸摸地爬上来，偷走一点儿那传说中的宝物。可是宝藏被严密地守护着，藏匿得那么深，世界上没有人敢说自己曾见过。是的，即便寻宝人聪明又强壮，但他们从未成功接近过宝藏山洞。我将要讲述的便是这其中一位如何尝试又失败的故事。

在利科峰，三位美丽的仙女幸福地生活在宏伟壮丽的山野间，她们自由地呼吸着山中弥漫的高山花香的甜蜜空气。她们是这里的女主人，住在地精们的隔壁，她们居住的小山洞里镶满了明亮耀眼的水晶和宝石。这几位仙女是利科峰的牧羊人，她们负责照料一群机警、反应敏捷的岩羚羊。羊儿们在山里居住，在山坡上快乐地吃草，让那些前来这美丽的悬崖峭壁间追捕它们的人空手而归。

羊群的首领是你见过的最美丽的一头岩羚羊，它身上的毛如此洁白，宛如从天上刚刚坠落、还没有被足迹沾染的雪花；它的反应比阿尔卑斯山脉里所有的岩羚羊都更加迅速敏捷。这头岩羚羊有两只漂亮的金角，在阳光下熠熠生辉。无论它是在散步还是休息，那两只角都如金色的星星一般闪耀，让人在远处也可以一眼认出它。

山谷里的居民全都知道这只奇妙的岩羚羊，他们也知道只要成功杀了它，便会获得藏在利科峰山洞里的宝藏。不过，还有一件事——他们只有一次机会。如果第一次失手，只让岩羚羊受伤，它的血滴到岩石或是雪地上，便会立刻从中生长出鲜红的杜鹃花。斯拉特格——这只岩羚羊的名字，吃了由此盛开的鲜花后，会马上变得更加强壮和凶猛，一跃而起将不幸的猎手撕碎。

所以，你便能知道，杀死斯拉特格绝不是一个简单的任务。许多踏上这冒险之路的农民一看到远处的神奇怪物便害怕地发抖，然后及时回头了。

然而，总有人禁不住利科峰宝藏的巨大诱惑。在很久很久以前，有一天，山谷里最英俊的年轻人桑德鲁决定去试试运气，因为他最大的梦想就是将斯拉特格的金角交到他爱的人手上，也就是山谷里最富有的人的女儿，美丽的皮埃拉。桑德鲁是附近所有国家里最精准的射手，从没有过一次失误，他在雪地覆盖的山脊间已经成功地猎杀过上百头岩羚羊了。

皮埃拉知道了他的愿望后，非常支持他：首先，她一想到她年轻的爱慕者要实现这一壮举，便骄傲极了；其次，如果他成功，她的父亲便不会再反对他们的婚事。

于是，天气晴朗的一天，桑德鲁做完祷告，请求守护神保护他的灵魂之后，便出发开始寻找著名的岩羚羊。他确信他的卡宾枪会证明自己是一位忠实的伙伴，因为这把枪从未射偏过一发。他的脑海里

白岩羚羊的传说

已经想到了当他杀死斯拉特格,并且将利科峰深处由地精们守护的宝藏放在皮埃拉脚下时,皮埃拉该有多么欣喜。

那天天色还早,东方破晓前的光线将山顶染成玫瑰般的粉红。随着太阳升起,山顶又变成闪耀的金黄。桑德鲁爬得越来越高,远

远地离开了山谷和森林,一直到看不到任何树木和灌木丛,只有短短的草、高山鲜花,还有岩石和白雪的地方。他站在一块巨大的石头上面,明亮的阳光在雪地上折射的光芒让他眼花缭乱。他看到了站在不远处峰顶上的斯拉特格,它的金角在日光下闪耀,它的眼睛里闪烁着一种陌生、挑衅的光芒。

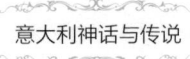

白岩羚羊的传说

桑德鲁举起卡宾枪，瞄准那怪物——这支卡宾枪从未让他失望，他志在必得。但不知怎么，他的手有些颤抖，难道是因为紧张，还是中了魔法？即便如此，子弹还是射了出去。啊！这发子弹并没有射穿斯拉特格的心脏，只是伤了这只神奇的怪物。

最终的生死搏斗开始了，桑德鲁试着在斯拉特格吃到那如鲜血般鲜艳的杜鹃花之前给它致命一击。只要它的血落在岩石或雪地上，鲜花便会生长得到处都是！斯拉特格像风一般逃走了，这样它才有机会逃离猎手，在桑德鲁再一次瞄准它之前吃到充满魔力的花。

那是一场可怕的生死竞赛。岩石与峡谷之间是陡峭的悬崖，深邃的高山湖泊间流淌着银色湍流，水花咆哮着从高处坠落，发出巨大的撞击声，稍不小心便是生死之别。

忽然间，山峰在一片巨大漆黑的乌云笼罩下消失，空气沉重，就像暴风雨将要来临。有那么一阵子，斯拉特格从困惑的猎手的视线之中消失了。看啊！等乌云散去，桑德鲁感到它离自己咫尺之遥。迷雾中，那威猛的白岩羚羊，高大、威武、骇人的岩羚羊的身影显现出来。它已经吃了鲜红的杜鹃花，现在轮到它来追捕猎手了。桑德鲁恐惧至极，他想到自己孤身一人在山中，曾猎杀的怪物正要急切地展开

白岩羚羊的传说

报复。他身后是几千英尺①高的悬崖峭壁,下面的激流翻滚咆哮着,但他被金角的反光晃得什么也看不见,一时眩晕,失去了距离感和警觉性。他疯狂地跑着,突然脚下一空,一下掉下悬崖,被下面汹涌的奔流冲走了……

斯特拉格失去了复仇的机会,狂暴愤怒地冲下山,一直到了人们居住的地方,它领导的羊群和山中所有的精灵全都追随着它。在它的暴怒之下,一切都被摧毁了,周边没有一处村庄或花园幸免于难。

这件事发生在很久很久以前。传说在七千年后,由斯拉特格的暴怒形成的废墟与荒芜中才会有第一株冷杉萌芽。第一棵冷杉的木材会被制成摇篮,守护特里科诺岩羚羊群的三位仙女所孕育的婴儿将会睡在这个摇篮之中。这个婴儿将拥有杀死斯拉特格的力量,并且知晓一句神奇的咒语,让他得到那未知且无与伦比的宝藏。现在宝藏仍在利科峰美丽的山洞中被绿衣的小地精们守护着。

不过现在,冷杉树和婴儿尚未降生,斯拉特格的金角仍然闪耀。

---

① 1英尺=30.48厘米。

小山羊脸的故事

曾经有一个叫作马萨涅洛的农夫，他住在坡上一间破旧的小木屋里。马萨涅洛成家后，生了十二个女儿，对他来说这却是极大的不幸。因为他和妻子都十分贫穷，除了那间木屋，他们没有一件东西可以称得上是自己的。那座小木屋也非常简陋，是他们结婚时一起建成的。父亲、母亲和孩子们从早到晚都在田地里干活，也只能维持基本的生存而已。这是不断繁衍的一大家子，他们总是饥肠辘辘。

在一个炎热的夏天，太阳正当空，万里无云，光线十分刺眼，马萨涅洛正忙着在山脚下耕地。山脚边有一个又黑又深的大山洞，没有人曾进去过，因为里面会传来奇怪的声音，村子里的人都知道那儿不是个好地方。太阳像火一样炙烤着大地。过了一会儿，马萨涅洛放

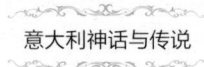

下锄头,坐在一棵大白杨树下乘凉。他坐在那儿,想着自己的不幸。他和他的妻子生了这么一大群孩子,而他们却连一个都养不起,这是多么悲惨啊。

正当他沉思的时候,一只像小鳄鱼一样巨大的绿色蜥蜴忽然间从山洞里爬出来,坐在他的身边。可怜的马萨涅洛被吓坏了,害怕这只怪物会吃了他,一动也不敢动。但是蜥蜴显然性情温顺,她慢慢靠近马萨涅洛,用甜美的声音轻声说:

"亲爱的马萨涅洛,你不需要害怕,我不会伤害你。相反,我出来是想要看看能不能帮助你。"

马萨涅洛听到这话后感到宽慰许多,因为蜥蜴没有立刻吃掉他,不过听到这怪物可以开口说话也着实让他大吃一惊。他转过身去不让蜥蜴看到自己,一只手在胸前画着十字,一只比出魔鬼头角的手势,想要把看着他的眼睛吓跑。然后他试图振作起来,礼貌地对蜥蜴说:

"夫人,认识您我感到无比荣幸。您想要帮助我实在是好心。其实,我有十二个孩子,却不知道如何维持生计。这就是我唯一的烦恼,如果有人能帮助我解决这个困难,我将不胜感激。"

听到这儿,蜥蜴露出微笑。这是一只胖乎乎的可爱蜥蜴,她绿

小山羊脸的故事

色的鳞片在阳光的照耀下像绿宝石一样璀璨，而且她的微笑那么讨人喜欢，你能看到她尖尖的脸上洋溢着欢乐，真是个美丽的生物。不过马萨涅洛却不怎么高兴，心里还是害怕这只怪物在戏弄他，只是想打发一点儿时间让自己胃口大开。蜥蜴再一次开口，用最舒缓的声音说："我亲爱的好人啊，你的烦恼我全都知道，我也说过了，我从洞穴里出来是为了帮你。今晚请把你的女儿带来，我会把她当作我自己的女儿一般照顾她，抚养她长大。"

马萨涅洛听完像被雷击中一样惊讶，失去了平衡，一下子摔在地上。地上有很多荆棘，都是刺。但是蜥蜴温柔地扶他起来，然后告诉他自己立刻需要答复。

这位可怜的父亲不知如何是好。生活艰苦是一回事，把自己的孩子给一只蜥蜴抚养却是另一回事了，因为他害怕女儿变成蜥蜴的一顿美餐。他在心里埋怨自己不该这时来山脚，咒骂雇用他的主人，甚至想到自己就不该来到这世上。不过蜥蜴显然不喜欢一直等待，大喊："好人啊，停下你脑子里那些愚蠢念头吧！你不需要决定要不要把你的女儿给我，因为我已经下定决心要拥有她，除非你能让太阳不再发光、河水不再流淌，否则便不用想着阻止我。你现在就跑回家，把孩子带过来，不然灾难就会降临在你和你不幸的家人身上。"

可怜的马萨涅洛明白他已经被逼进绝路了,而且他害怕蜥蜴的愤怒——这难道不是一种恐怖的野兽吗?她还住在臭名昭著的山洞里。于是他跑回家,一副悲痛的样子。来门口迎接他的妻子阿涅拉看到后吓了一跳。因为虽然他们家境贫穷,但平日里马萨涅洛总是很欢快。

"怎么了,亲爱的?"他的妻子大声问,"你没活儿干了吗?伤到自己了?还是驴子死了?"

马萨涅洛只能摇头,什么都没说,他被吓坏了。但他的妻子最后还是从他那儿得知了发生的事:蜥蜴是怎么从可怕的山洞里出来,还有除非他们把维德普拉托交给她抚养,不然他们全家都要遭遇不幸。

阿涅拉换了一个角度看待这件事。

"谁知道呢,"她说,"可能这对我们和维德普拉托都是件好事也说不定。谁告诉你蜥蜴的本性是恶的呢?如果是,你对她无礼的时候就会被吃掉了。我看蜥蜴也是好心,无意伤害我们的女儿。不管怎么样,要是她跟我们待在一起,也许迟早会被饿死,所以我们不如冒一次险。"

这些话让马萨涅洛感到非常宽慰,他习惯了在大事小情上都听

取妻子的建议。于是他上楼，把维德普拉托抱在怀里，很快回到了白杨树下，蜥蜴还在那里耐心地等他把孩子带过来。当她看到马萨涅洛按照她说的做了，非常高兴，于是给了他一袋金子。然后把维德普拉托放在她的背上，说：

"我会把她当作亲生的女儿一样，相信我。"然后便消失在又深又黑的山洞里了。

马萨涅洛拿着金子开心地回家了，他这辈子从来没见过这么多钱。蜥蜴看上去似乎非常善良，而这一袋金子可以让他把女儿们都抚养长大，给她们做嫁妆，他和他的老妻子也不会被饿死了。当晚马萨涅洛回去的时候，家里充满了欢乐，没有人想念维德普拉托。当家里还有十一个孩子的时候——尤其是她们还非常小，多一个少一个似乎没人在意。

蜥蜴带着维德普拉托一回到山洞的深处，便给她喝奶，哄她睡觉。当她睡着后，蜥蜴又带她走了一段，一直到山顶，那里有一座最漂亮的房子，是一座乡村大别墅，有精心修剪的美丽草坪，花园里繁花似锦，绿树成荫。小维德普拉托被带到一间被刷成白色和粉色的漂亮房间，有两个保姆照顾她。蜥蜴也从未离开一步，想玩什么都随时满足她，方方面面都宠爱着她。维德普拉托就这样在爱的包围下成长

小山羊脸的故事

着。她是蜥蜴和别墅里所有仆人的掌上明珠,这个幸福快乐的小姑娘有着一双漂亮的碧绿色眼睛(这就是为什么她的父母会给她起名为维德普拉托,因为她的眼睛像青草的颜色,这的确非常罕见)。

时光飞逝,十几年过去了,维德普拉托长成了一个美丽动人的大姑娘,温柔而有礼貌,从小到大都被教导得很好。蜥蜴就像她的母亲一样爱她,的确遵守了她当初的诺言——把她当作自己亲生的孩子养育。

有一天,国王外出打猎,在外面待得太晚,迷失了方向,只好四处寻找一个可以过夜的小屋。但他在这荒凉的地方看不到人家,正在沮丧的时候,忽然看到山顶上有灯光,于是立刻派仆人前去打听是谁住在那儿,是否愿意让国王留宿一夜。

不一会儿,蜥蜴出来了,但并不是以原貌出现,而是化作一位高挑、优雅、穿金戴银的夫人。她身后跟随着几位仆人迎接国王,表示自己能够满足国王小小的要求而万分荣幸,即便只是做一晚东道主。

国王受到热情的欢迎,高兴极了,他随着夫人走进房子,对花园和房间的华美赞叹不已。走进大宴会厅的时候,有一百位男侍者前来迎接,一百位年轻的姑娘演奏着婉转动听的音乐。晚宴上用的都是

小山羊脸的故事

金子做的盘子,那是国王享用过的最华丽的晚宴。但在这辉煌的大厅中,让他最心动的是维德普拉托的美丽与优雅。她坐在她的蜥蜴母亲旁边。蜥蜴仍保持着夫人的形象,展示着热情好客的女主人的礼仪。

就这样,第二天国王并没有离开,而是在那美丽的别墅里停留了近一周。当他极不情愿地离开时,他请求蜥蜴允许维德普拉托做他的王后。蜥蜴仙子如同爱亲生女儿一样爱这个姑娘,她最大的心愿就是希望维德普拉托嫁个好人。听到这意料之外的惊喜,蜥蜴开心极了,表示会准备婚礼所需的一切,而且会给维德普拉托一百万块金子作为嫁妆,这样才配得上国王。

第二天清晨,国王前来迎接他的新娘回到王宫。但这不知感恩的小姑娘却忘了如果不是善良的蜥蜴仙子,她仍是一个贫穷的、快要饿死的农民,每天艰苦地劳动,一生得不到任何休息和享受的机会。她离开时,没对蜥蜴仙子说一句感谢的话。

蜥蜴对她的忘恩负义感到万分痛苦,悲愤交加,于是诅咒女孩的脸变得像山羊一样,这样她才会忏悔自己的忘恩负义,意识到错误后改过自新。

当国王抵达王宫后,看着他即将迎娶的新娘并不是眼睛碧绿、头发金黄、脸蛋可爱的姑娘,而是有着一张丑陋、向前突出的嘴巴的山羊脸，脸颊上还长着毛发，还有长长的、粗糙的胡须。你可以想到国王看到这恐怖变化后的震惊、失望和愤怒。他以为自己受到了恶毒魔法的欺骗，大喊：

"我决不会做一只山羊的丈夫，别让我看到这丑陋的东西！"然后他把维德普拉托打发到厨房，让一位侍女看护她。

虽然女孩相貌丑陋，但他想最起码可以让她干些别的活儿，于是便吩咐她和侍女纺十捆麻，必须在一周内完成。侍女立刻开始工作，而且干得很好。但是维德普拉托现在还不知道自己的相貌发生了改变，因为房间里没有镜子。她开始抱怨："这真是奇耻大辱，我，堂堂国王的新娘，却被这样粗鲁地对待，竟然和一位侍女在厨房做工！我决不会做任何事情，我可给国王带来了那么华丽的嫁妆。"说着，她把麻从窗户扔出去了。她什么活儿都没干，只是粗鲁地对待侍女。等到一周结束，维德普拉托看到侍女已经纺完了所有的麻，开始担心起来，害怕国王会因为她公然违抗命令而重重地惩罚她。维德普拉托不知如何让自己脱身，只得请求出去一会儿，跑去找蜥蜴仙子，告诉她发生的事并且求她给自己一些纺好的麻。好心的仙子立刻给了她一些麻，好让她不被惩罚。但是，这淘气的孩子跑开时甚至没有说声再见，蜥蜴仙子再一次伤心了，便没有解除魔咒。

国王看到纺好的麻十分高兴，于是给这两个姑娘两只小狗来照料，说他会在一周后回来检查。侍女对小狗照料有加，每天都给它食物和新鲜的水。而维德普拉托仍然气哄哄的，把她的小狗扔出窗外了。

等一周的时间接近尾声，维德普拉托又开始害怕国王得知那可怜的小狗的下场后会生气。她再一次跑出王宫去找好心的蜥蜴仙子，求她再一次帮她摆脱麻烦。

别墅的大门前站着老门卫，他并没有让她进去，而是冷漠地说："你是谁？你来这儿做什么？"

被如此对待，维德普拉托生气极了，居高临下地看着门卫，无礼地说：

"你为什么不马上让我进去？你不知道我是谁吗？你个老山羊胡子。"你可以想到门卫听到自己被一个长着山羊脸的人叫作"山羊胡子"的时候有多气愤了（维德普拉托还不知道她已经变成了山羊脸，因为那时候镜子非常昂贵，她一直待在厨房，没有机会看到镜子）。所以门卫决定惩罚这个女孩，他走进房间，带了一面镜子出来：

"看看，你是最不该叫我'山羊胡子'的人！看看你自己吧，你这个忘恩负义的小混蛋！想想好心的仙子为你付出的一切，她给了你

多少美好的东西，为了让你嫁给国王准备了多少嫁妆。而你，不过是个农民的女儿，你没有表示出一点儿感激，把一切都当作理所当然，甚至离开时从没有给仙子一个吻或说一句感谢的话，因为你愚蠢的脑袋只懂得接受礼物和好意。蜥蜴仙子因为你的不知感激而悲伤落泪。而现在最过分的是，你竟然还对仙子最老、最忠诚的仆人如此无礼！"

维德普拉托听到这一切，又看到镜子里自己恐怖的山羊脸，这才意识到自己的行为有多过分；而国王是那么善良，才让她留在王宫里，而不是把她扔到街上去乞讨。她这才十分谦逊地、泪流满面地请求老门卫让她进去，这样她才能去找仙子，告诉仙子自己对曾经的行为感到多么抱歉。老门卫本来就很善良，也非常喜欢这个女孩，于是便让她进去了。仙子听到了这一切，前来见她，认为这个孩子已经接受了足够的惩罚。维德普拉托一见到抚养她长大的人，便立刻扑到她的脚下，抽泣着："亲爱的，好心的仙子，请原谅我吧。对不起，真的对不起！"

于是蜥蜴仙子用随身携带的魔棒碰了一下女孩的脸。刹那间，维德普拉托又变回了忘恩负义之前的美丽模样。

接着，她们两个走进别墅，蜥蜴仙子叫侍女为维德普拉托换上

她准备好的华美的裙子,并将手工刺绣的头纱戴在女孩的头上,衬托之下,她美丽的秀发像金子一般闪耀。然后两人各自骑上骏马,维德普拉托的马洁白如雪,蜥蜴仙子的马漆黑似夜。许多仆人跟随着她们,走向城镇中国王的宫殿。所经之处,人们向她们抛撒着花瓣,让街道铺满最艳丽的鲜花地毯。人们大喊着:

"王后万岁!国王的新娘多么美丽啊!愿他们幸福到永远!"

国王本来一直担心,因为他不知道什么夺走了他美丽的新娘。这时,他匆忙赶来迎接她们,比任何人都要开心。他诚挚地感谢仙子为他们做的一切,然后一起回到王宫,那里早就布置好准备举办婚礼了。

于是,一场你前所未闻的盛大婚礼就此举行。欢乐的人们在宫殿里跳舞,跳啊跳啊,直到疲倦得要睡一个月才能恢复。

在美丽的宫殿里,维德普拉托和年轻的国王从此幸福地生活在一起。蜥蜴仙子会时不时前来用她的魔棒点缀周边,那宫殿因为善良的蜥蜴仙子而变得更漂亮了。维德普拉托从未忘记她汲取的教训,从婚礼那天起,她一直记得感恩帮助她的人。

至于马萨涅洛夫妇和其他十一个孩子,则在蜥蜴为他们建造的漂亮木屋里幸福地生活。随着时间的流逝,这个家庭的成员越来越多，很快老人身边便围满了一大群孩子和曾孙，但木屋永远有房间，因为这是用魔法建造的，每个新成员出生的时候房子便变大一点儿。于是，这一家人虽然要耕作，但不必太辛苦。他们衣食无忧、身体健康，认为自己是世界上最幸福的人。

自此之后，那个国家的农民便将蜥蜴奉为最尊贵的神明，要是有人杀掉一只蜥蜴，灾难便会降临在他身上！为了纪念神奇山洞里的蜥蜴仙子、马萨涅洛和他的十二个孩子的幸福生活，蜥蜴被视为最宝贵的野生动物，受到所有人的尊敬。

露希拉

很久很久以前,阿尔卑斯山脉的小村庄里住着一位玛丽安娜阿姨,她有三个女儿,分别叫作安娜、玛尔塔、露希拉。玛丽安娜阿姨的丈夫还在世的时候,他们一家的生活还算富足。他们有一块地、两头牛、一只山羊,还有一间小木屋。皮耶罗大叔从早到晚都辛勤劳作。但他去世之后,也就是这个故事发生的前几年,日子逐渐困难起来,没有人去劳动,而玛丽安娜阿姨的年纪也大了,纺不动纱线。于是慢慢地,她们的田地被卖光,接着是牛、山羊,最后只剩下小木屋。木屋的花园只有一丁点儿大,甚至连种两颗卷心菜的地方都没有。这家人没有办法,只能去做一些临时工,或者上街乞讨。

年长一些的女儿,安娜和玛尔塔,是你见过最懒惰、最讨人嫌

的姑娘,她们总是逃避帮母亲干活。而且,她们还出奇地嫉妒露希拉,因为她长得非常漂亮:牙齿像珍珠一样洁白,嘴唇如珊瑚一般娇嫩,眼睛同钻石一样明亮,头发像流动的金子一样闪耀。即便她穿得破破烂烂,看上去仍然漂亮可爱,就算是通常不太在意外貌的农民,看到她走在街上也要回过头多看几眼,而且总是乐意给她一点儿水果或蔬菜带回家。这当然让她的姐姐们嫉妒极了,所以她们对她总是很不友好,一有机会还经常打她。

在一个秋天晴朗的上午,太阳高高地悬挂在山顶上,在阳光的照耀下,栗树宛如金子一般,叶子正逐渐变成金黄色。露希拉回到家,给母亲带回一颗新鲜的大卷心菜,这是一位农民刚刚送给她的,因为她帮农民把小推车推过了一段陡峭的山路。玛丽安娜阿姨很高兴,说要用洋葱和这颗卷心菜给她们做一顿美味的晚餐。不过等到把这来之不易的蔬菜放进锅里的时候,她们发现家里一点儿水也没有了。

玛丽安娜阿姨对她的大女儿说:"安娜,听话,去泉边打些水回来。"

泉水离她们几乎有一千米远,还得途经一段崎岖陡峭的小路,所以她们为了谁去打水总要吵上一阵子。安娜对玛尔塔说:"你去打

露希拉

水回来。"玛尔塔回答:"不,你去。"就这样,她们越吵越凶。玛丽安娜阿姨看着她的两个互相怨恨的女儿,重重地叹气:"唉,我去,我一个虚弱疲惫的老婆婆一大把年纪还要做这样的事!除了我自己去,伺候我的女儿们,也没有别的办法了。"

说着,她拿起木桶走出小屋的大门。不过,还没走几步远,正在附近田地里帮助邻居拾栗子的露希拉看到了她,立刻跑过去,接过木桶,上山去挑水了。玛丽安娜阿姨开心地进屋,小声说:"我的好孩子,神保佑你。"

至于她的姐姐们,仍然在角落里气呼呼地发着牢骚。

这时候,露希拉已经提着水桶爬过山路,到了泉眼边。那汪泉从山间涌出来,旁边长满了绿油油的柔软青苔。正当她要弯腰打水的时候,看到了旁边站着一位仆人。仆人对她说:"美丽的姑娘,跟我来。我的主人想要你去他的家里,因为命运已经注定你会嫁给他。"在家里,从没有人对露希拉这样亲切地说话,于是她想,不如便答应这位友善的仆人。而且,如果命运已经注定,无论她是否同意也不会改变什么。她说她需要先把水桶送回家,再回到这里。

露希拉很快就回来了,仆人带着她进入了栗子树下一条长满蕨类植物的隐秘小路。不一会儿,他们到了一个可爱的山洞,那里纤长

露希拉

的蕨类和攀缘植物丛生。山洞的尽头是一条玻璃的地下通道，他们穿过了通道。就要抵达目的地的时候，仆人告诉露希拉，她要嫁的人非常英俊、富有、身份高贵，但是命运已注定，她在三年又三个月内，不能够看到她丈夫的样子，否则他们两个人都会遭遇不幸。露希拉说她愿意做任何事。接着他们到了一个非常宏伟壮丽的宫殿，墙壁是闪耀的金子，银质的家具上全都镶嵌着钻石和红宝石，地板上铺的是昂贵的波斯地毯，沙发上的盖毯也华美无比。正当露希拉吃惊地盯着看时，仆人拍了拍手，然后两位侍女走进来，把露希拉带到了一个更加瑰丽的房间。她换下了自己破破烂烂的衣服，穿上了精致的丝绸和天鹅绒做成的裙子，她美丽的秀发第一次被梳理整齐。然后侍女们又带她回到先前的房间，仆人再次拍手，一张摆满了精致菜肴的桌子变了出来。可怜的露希拉之前吃惯了不新鲜的蔬菜，这一餐是她做梦也未曾想到的。

吃完之后，她又被带到了另一个房间，被叮嘱说房间变黑之后，她的丈夫会进来。但因为他们中了魔咒，她不能借助任何光线看清他，否则两个人都会受到伤害。而按照指示去做，他们便会获得幸福，以后美好的事情也会发生在他们身上。

于是，他们就这样生活了几个月。神秘的丈夫只有在天黑后才来见她，其余的时间露希拉便自娱自乐，仆人和两位侍女照顾她。

有一天，露希拉非常想家，哭了起来。仆人立刻询问她怎么了，她回答说自己想见妈妈和姐姐们。于是，仆人找到不能被看见的主人，带着一袋金子回来给露希拉，说："主人愿意让你去看你的姐姐们，还送给她们这些金子。但是你要记住，对于这里的事，你一定不要提起，绝对不要告诉她们你离开之后发生了什么。"露希拉高兴地出发了，仆人一路护送她到泉水那里。这时已是深秋了，树枝光秃秃的，山顶上覆盖着积雪，在阳光的照耀下闪闪发光。露希拉很高兴能再一次看到山峰、阳光和蓝天。尤其是一想到将见到母亲，给她带去金子，就更加开心了。

她回到小屋，急匆匆跑进去，却发现玛丽安娜阿姨、安娜和玛尔塔愁闷地围坐在已经熄灭的火炉边。露希拉给每个人一个吻，然后把带来的钱给她们。不过当她们问起她离开之后发生的事，她想起仆人的警告，只说了她现在非常、非常幸福，这便是全部。过了几个小时，她和家人告别后便离开了。仆人一直在泉水边等她。

两个坏心肠的姐姐对露希拉的好运感到极其恼火，她们苦思冥想也想不通发生了什么。她们还非常生气露希拉没有说她住在哪儿、丈夫是谁。实际上，露希拉自己也不知道！她们怎么也猜不到，于是

露希拉

便决定去找住在山顶上的一位老女巫。那个女巫是那里最臭名昭著的巫婆，因为她最喜欢吃年轻的小孩子们。

安娜和玛尔塔一路向上爬，完全不在意山上覆盖的皑皑白雪。她们到了山顶，召唤出女巫。女巫非常开心，因为她看到两姐妹和她一样邪恶，都喜欢谋划如何伤害别人。三人走进了一间奇怪的房间，里面挂满了各种野兽的毛皮、头、角还有爪子。在房间的角落里有一个大火盆，上面架着一口大坩埚，旁边还坐着一只大黑猫，绿色的眼睛像灯笼一样；另一个角落里放着一些封面红黑相间的书。

她们坐在地板上，然后安娜告诉女巫露希拉的好运，以及她们想要让她的好日子结束。女巫听完后站起来，往锅里扔了一些草药，拿出一本书、一颗水晶。等草药在坩埚里沸腾后，她透过水晶盯着看，翻看过书后，又把水晶拿到了火焰上。透过水晶，安娜和玛尔塔看到了露希拉在一个辉煌的宫殿里。女巫告诉她们发生在露希拉身上的事，还有她的丈夫中了魔咒，接着给了她们一盏灯笼，说："等你们的妹妹下次来看你们的时候，把这盏灯笼给她，让她等丈夫夜里睡着后用这盏灯笼照他。告诉她这样会打破魔咒，让他们变得更加幸福。然后你们便能实现愿望了，因为他们的幸福生活将被彻底摧毁。"

露希拉

一想到露希拉的幸福即将结束,安娜和玛尔塔非常开心。她们和邪恶的女巫告别,然后离开了山洞,手里紧紧地攥着那盏灯笼。

可怜的小露希拉下一次来看她们的时候,除了一袋金子,她还带了几条漂亮的裙子。姐姐们把她拉到厨房,说:"我们亲爱的妹妹,我们一直都很担心你,因为我们发现,你的丈夫会给你带来极大危险。唯一能够救你的方法就是在他睡着的时候看到他的样子,所以我们帮你准备了这盏灯笼。你要做的就是把灯笼藏在枕头底下,到了夜里,等确定他睡着了,就把灯笼拿出来,说:'灯笼,亮起来。'你的丈夫便无法伤害你了。这可是我们费尽千辛万苦才得到的灯笼,你看我们是多么爱你啊。"

可怜又善良的露希拉听完,非常感谢她的两个姐姐,把灯笼藏在斗篷下离开了。回到漂亮的宫殿后,她按照姐姐们的叮嘱,把这不祥的灯笼藏在枕头下,等到午夜时拿出来说:"灯笼,亮起来。"接着,这盏被施过魔法的灯亮了起来,在刺眼的光亮下,她看到了丈夫的脸。灯笼里一滴滚烫的灯油溅到了熟睡的年轻人的肩上,他惊醒过来,看到露希拉正充满爱意地看着他。

"哦,你为什么要这样做?"他悲恸地大声问。一瞬间,一切都消失了,露希拉发现自己坐在雪地上,身上穿着当初离开小木屋时破

露希拉

破烂烂的衣服，怀里紧紧地抱着她的孩子——我忘记讲了，这件事发生前不久，她刚生下一个小小的宝贝孩子。

这个可怜的小姑娘在寒风凛冽的陌生地方害怕地发抖。她紧紧地抱住怀里的孩子，在冰天雪地里寻找，直到找到家里的小木屋，但是两个坏心肠的姐姐却残忍地打她，把她赶走了。

就这样，露希拉抱着孩子在寒风中走了几天几夜，靠着路人的好心施舍过活。她走遍了这个国度。一天晚上，她累极了，生了病，以为自己就要死了。走到女王的宫殿前，她晕倒在台阶上，怀里仍然紧紧地抱着孩子。这时，正巧女王的一位侍女走出来，她十分同情这个漂亮的女孩和她的小婴儿，于是把他们带到她的房间，那里生了火可以取暖。婴儿和露希拉喝了一些牛奶，然后被安置在一张温暖舒适的床上休息，她们已经很久很久没有好好休息过了。

露希拉的确病得很重，好心的侍女无微不至地照顾她，一有空便会陪在她的身边。有一天晚上，侍女看到一位英俊的年轻人走进房间，走到摇篮边，把婴儿抱在怀里，说："哦，亲爱的小宝贝，要是我的母亲能认识你就好了。她会让你在金子里沐浴，用金毯子把你包裹起来。要是公鸡不会打鸣，我便不需要离开了。"但他说完，公鸡开始啼叫，年轻人立刻就消失了。

之后的几天夜里也发生了同样的事，侍女对此越发激动，终于下定决心告诉女王。女王听到后震惊极了，说一定要查到事情的真相，下令当天镇子里的公鸡都要被杀死。对于托雷伦迦王国的人们来说，这条命令非常残忍，但毕竟是女王的决定，他们也只能遵守，否则会遭到非常严重的惩罚。那天夜里，当群星再一次在漆黑的夜空中闪烁时，女王去了露希拉和婴儿的房间，她代替侍女等在床边。

没过几分钟，英俊的年轻人忽然再次出现，女王仔细地观察着。正当他弯腰去亲吻婴儿的时候，女王看到了年轻人脖子上的痣，立刻认出他就是自己唯一的儿子。

曾经给露希拉带去巨大伤害的女巫为了报复女王，在女王的儿子出生时曾施下一个魔咒：这个男孩将永远不能被任何人看到，否则便会从王宫消失，在隐蔽凄凉的地方度过一生，除非他的母亲在公鸡啼晓前亲吻他，这样才能打破魔咒。

女王发现这个陌生的年轻人就是自己消失多年的儿子，她立刻抱住他，给了他一个吻。而且，因为前一天托雷伦迦王国的所有公鸡都被杀死，所以魔咒被顺利地解除，王子终于回归了正常的生活。你可以想象到王子同时找到他的母亲、妻子和孩子有多么开心！至于露希拉，她幸福极了。从那一天起，她不再有任何烦恼，因为她成功地

抵挡了一切邪恶。

当邪恶的姐姐们从气急败坏的女巫那儿听到露希拉最后有多么幸福后，她们竟然厚颜无耻地去王宫要求见她们的妹妹。但这一次她们没办法伤害她了，无论她们怎么想。国王已经下令把那两个坏心眼的姐姐绑起来扔到地牢去，让她们在那里赎罪。

于是，露希拉和她的国王丈夫从此幸福地生活在一起。他们的孩子是世界上最英俊潇洒、英勇无畏的王子。

他们的生活幸福美满，而女巫只能气得干瞪眼。

维 奥 拉

很久很久以前,在意大利的西西里岛住着漂亮的三姐妹,罗莎、嘉洛法娜和维奥拉。不过,两位姐姐虽然可爱动人,最小的妹妹维奥拉却更加美丽,就像夜空里的繁星永远无法比拟金星的璀璨。她的姐姐们心里清楚,所以非常嫉妒她。

三姐妹每天都会坐在她们漂亮的石头阳台上,那上面种满了茉莉和玫瑰花。她们一个人纺线,一个人织布,一个人缝衣服,每天就这样消磨时光,边干活边聊天,梦想着将来要嫁的人。

一个晴朗的早晨,当国王的儿子经过的时候,他看到了满是鲜花的阳台,为三个姑娘的美丽所倾倒,大声地对他的骑士说:"看啊,看我父亲王国里的无价之宝!纺线的那个很美丽,织布的那个也

维奥拉

很美丽，但是缝衣服的那个女孩是她们当中最漂亮的，她是我心中的王后。"

说完，他便骑着马离开了，侍从追随在他身后，他们去树林里打猎了。但罗莎和嘉洛法娜却因为他对维奥拉的特别关注而恼火不已。第二天早晨，年纪最大的罗莎让维奥拉坐在纺车前，而自己去缝衣服，希望王子称赞她才是最美丽的。等王子经过，抬头看见漂亮的阳台，忽然看到三姐妹在香甜的玫瑰花丛后辛勤地工作，他说：

"缝衣服的女孩很美丽，织布的女孩也很美丽，但最美丽的是优雅地坐在纺车前的女孩。"维奥拉听到后，因为这额外的关注而高兴地脸红起来，她已经爱上了王子。但罗莎和嘉洛法娜愤怒极了，她们极力想要伤害维奥拉来报复她。

第三天，她们又照常坐在阳台上，王子去树林打猎，再一次路过这里。她们让维奥拉坐在后面织布，而罗莎和嘉洛法娜打扮得漂漂亮亮，穿着她们最可爱的裙子坐在前面，竭尽所能甜美地笑着（不过她们的笑容不可能甜美，因为她们嫉妒心太强、太恶毒了）。然而，即便这样，王子经过时仍然说道："纺线的很美，缝衣服的也很美，但最优雅温柔的是坐在后面织布的女孩。她最漂亮，已经赢得了我的心。"

听完后，罗莎和嘉洛法娜生气极了，她们再也不能忍受这样的事，于是想出了一个可怕的计划除掉她们的妹妹。

那时，顶针是一种非常宝贵且稀有的东西，维奥拉就有一个父亲从遥远的地方给她买来的顶针。那个顶针非常漂亮，是金子做的，上面还镶嵌着红宝石和钻石。维奥拉对这个顶针爱护有加，把它看得比任何事物都重要。她的姐姐们知道这一点，所以她们把顶针拿走，从高高的窗户扔到了房子后面的花园。那个花园很漂亮，棕榈树挺拔茂密，橙树、柠檬树开花的甜美香气弥漫在空气中，里面还种着含羞草、茉莉、玫瑰，开满了最可爱的花。但是这个花园属于一个邪恶的食人魔，在整个王国都臭名昭著，最喜欢吃年轻的小女孩。

把顶针扔下去之后，她们回到阳台让维奥拉帮她们缝衣服。维奥拉起来去拿她的顶针，但翻遍所有角落都找不到，非常沮丧。这时，罗莎对她说："我的妹妹，我来告诉你怎么办。我会问问我的魔镜，没准儿魔镜会告诉我顶针在哪儿。"

维奥拉非常感谢她。坏心眼的罗莎跑上楼，回来之后说：

"哦，维奥拉！顶针掉到布鲁塔基罗的花园里了——魔镜是这么说的。不过你要是想找回来，嘉洛法娜和我会拿一根绳子拴在你的腰上，然后把你放下去，这样你就能找到你的宝贝，我们也可以在布鲁

维奥拉

塔基罗睡醒午觉之前把你拉上来。"

为了能找回她丢失的珍宝，维奥拉愿意做任何事。于是罗莎和嘉洛法娜用一条很长的绳子绑在她的腰间，放她下去了。可是，还没等到她的脚尖着地呢，她们就把绳子割断了，可怜的小姑娘就这样无助地被困在了食人魔的花园里。她绝对不可能成功逃跑，因为花园的四周围着高高的玻璃墙，做梦都不可能跑出这里。然而，花园是那么漂亮，维奥拉忘了自己身处危险之中，并没有找地方藏起来，反而在小路上闲逛起来，欣赏着美丽的花儿，惊奇不已，希望当她听到布鲁塔基罗追过来的时候能及时找到一处花丛躲避。突然间，一个恐怖的怪物从灌木林里出现。它看起来丑陋极了，长满毛发的强壮手臂像猴子一样，粗糙坚硬的毛发是猩红色的，还有一只眼睛长在额头中间。可怜的维奥拉看到后被吓坏了，忘了要躲藏起来，尖叫着："我的妈呀！太可怕了！救命！"布鲁塔基罗闻声赶来，他看到了维奥拉，第一个念头是把她作为晚餐吃掉。但是这个女孩太美丽、太年轻，似乎这样吃掉她有些可惜，而且她现在还太瘦小，填不饱他的胃口。于是他决定，他要把她当作自己的女儿和侍女，直到她长胖一点儿再当作美美的晚餐。

可怜的小维奥拉可不知道布鲁塔基罗的想法，可想而知她有多害怕。不过一会儿后,她看到食人魔对自己那么友善,还好好地招待她(事实上,布鲁塔基罗对她的态度远要比她的姐姐们对她友善多了),非常开心,在那里干活也十分欢快,出入房子的时候总是笑着唱着歌。一天早晨,她正在窗前梳着头发,一只红绿色的鹦鹉飞进来,那是王子的鹦鹉,他的宫殿离布鲁塔基罗的住处不远。鹦鹉坐在窗台上,开始嘲笑这个姑娘:

"哈,哈,哈!

布鲁塔基罗要吃掉你啦!"

维奥拉非常生气,于是跑去告诉食人魔,他说:

"亲爱的,你只要回去,抓住鹦鹉的尾巴,对它说:

'红毛、绿毛的鹦鹉,

我会拔下你头上的羽毛,

做成柔软的被子,

我要嫁给你的主人。'"

维奥拉按照食人魔说的去做了,鹦鹉听到这样的话,加上尾巴还被人抓着,生气极了,竟然一下子气死了。王子看到他的鹦鹉没有回家,便出去又买了一只。这只鹦鹉和先前的一样,也来到维奥拉的窗台前嘲笑她。维奥拉用对待第一只鹦鹉的方式对待它,这只鹦鹉同

样也气死了。

王子看到他的第二只鹦鹉也死了,或者至少没有回到宫殿,非常恼火。于是他出去买了第三只鹦鹉,并且决定跟踪它,也许能发现到底为什么这些鸟儿都失踪了。他在鹦鹉的脚上绑了一条长长的丝线,一端握在他的手里。跟随着鹦鹉,他看到它飞到维奥拉的窗前,嘲笑她说:

"哈,哈,哈,哈!

食人魔要吃掉你啦!"

他立刻认出维奥拉就是他爱上的美丽女孩,是他去森林里打猎的路上看到的坐在阳台上的女孩。他开心极了,因为他寻找了很久都没能找到她。他曾向许多人打听,却没人知道她的下落。

你可以想象出维奥拉看到王子时有多高兴。因为我已经告诉过你,她深深地爱上了王子。趁着食人魔睡着的时候,王子尽可能地靠近她,这样他们便不用大声说话了。他们决定逃走后结婚,因为他们都知道鹦鹉说的是事实,布鲁塔基罗已经决定一有机会便将维奥拉当作一顿美餐。不过,要瞒着食人魔逃走非常困难,他睡着的时候仍会睁着一只眼,房间里有什么动静都逃不过他的眼睛。

王子想了一会儿说:"我会到森林去找我的教母帮忙。"和维奥拉

维奥拉

告别后,他骑马去了森林。他的仙子教母梅丽娜就住在一棵大橡树的树干里。他问道:

"梅丽娜妈妈,美丽的维奥拉落到了布鲁塔基罗手里。我该怎么把她安全地救出来呀?"

梅丽娜走进橡树里翻看了她的魔法书,出来时手里拿着一根纺纱杆、一个纱线团、一把梳子。她把这些给了利诺埃洛王子,说道:

"如果布鲁塔基罗追赶你时情况紧急,先扔出纺纱杆,再扔纱线团,最后把梳子扔出去,同时说:'梅丽娜,梅丽娜,快来救我们!'然后便可以化险为夷。"

利诺埃洛感谢了他的仙子教母,吻了她的手,然后小心地把这些护身符收好,骑马回到城镇里。那天夜里月色皎洁,街道上一片寂静。他走到维奥拉的窗前,维奥拉正在那里迫不及待地等着他。他对女孩说:

"快下来,我们得赶在布鲁塔基罗醒过来之前逃跑。梅丽娜给了我们护身符,如果他追过来的话这些宝物会帮助我们。"

于是维奥拉拿起当初罗莎和嘉洛法娜放她进入食人魔花园的绳子,把它绑在百叶窗上,然后顺着爬了下去。等她到街上时,利诺埃洛抱住她,让她坐在马背上,接着迅速地离开了。不幸的是,布鲁塔

维奥拉

基罗立刻便知道了发生了什么事。他在月光下看到了这一幕，一想到自己等了很久的美餐就这样逃跑，怒不可遏，立刻骑上他的马——那是一只很奇怪的野兽，有五条腿，没有尾巴。

很快，维奥拉和利诺埃洛听到身后的马蹄声，害怕极了，布鲁塔基罗几乎就要追上他们了。但是王子将纺纱杆扔到身后，大喊："梅丽娜，梅丽娜，救命，救救我！"突然间，他们和布鲁塔基罗之间的地上刺出了锋利的剑，尖全部朝着天上。食人魔被伤得很严重，只能慢慢前进，而那两人在马上奔腾。不幸的是，等布鲁塔基罗穿过了剑丛，又开始快马加鞭追赶，而且他的马有五条腿，比利诺埃洛四条腿的马跑得快多了。两人即将再次被追上的时候，利诺埃洛把纱线团扔了出去，大喊："梅丽娜，梅丽娜，救救我！"

于是，他们和食人魔之间立刻被一条又宽又急的河流隔开了。布鲁塔基罗强迫他的马儿过河，即便河流湍急，他们仍然想办法通过了。利诺埃洛和维奥拉看到他出现的时候，惊恐万分。布鲁塔基罗从水中上岸后浑身湿透了，气喘吁吁。他们知道他现在一定又饿又气，一定会把他们两个全部吃掉。但他们并没有失去理智，而是继续向前跑，把最后的护身符梳子也扔了出去。

突然间，他们和食人魔之间升起了一座肥皂制成的高山，看上

维奥拉

去又高又陡,根本没办法翻越。这对爱人继续向前,每时每刻都在担心着布鲁塔基罗丑陋的脑袋会从肥皂山顶上出现。食人魔来到山脚下,无论他怎么想要他的马爬上去,都没办法做到。因为太滑了,马儿一直摔倒。接着他试着自己爬上去,但也一直滑倒,最后摔得太狠,摔断了脖子死掉了。

王子和维奥拉看到危险过去了,非常高兴地回到宫殿,还举办了一场盛大的婚礼,邻近的人都被邀请前来参加——当然,除了两个坏心眼的姐姐,她们因为自己卑鄙的行为而受到了惩罚。

至于利诺埃洛和维奥拉,他们从此在梅丽娜仙子的保护下幸福地生活在一起。

他们的生活幸福美满,百年好合。

而我的故事也一代一代永远流传。

桃金娘的孩子

很久很久以前,在阿马尔菲附近住着一位叫作席安娜的老妇人和她的丈夫,他们有七个儿子。一家人幸福地生活在一起,不过他们最大的心愿是有一个女孩,因为他们觉得家里已经有太多男孩了,以后需要一个女孩照顾他们,帮他们打理房子。然而他们等啊等啊,无论他们的母亲有多想,家里迟迟等不到一个小姑娘,他们感到非常难过。

一天,一位老妇人路过这里,她非常饥饿,乞求一些面包吃。席安娜立刻出门去给她买了一些面包和奶酪。老妇人吃完后说:"我能为你做些什么,好心人?你有什么想要的吗?"

"只有一件事是我最希望实现的,"席安娜回答,"我想要一个小

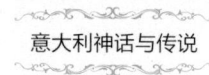

女儿。"

于是老妇人给了席安娜一棵小桃金娘树苗,说:"每天用你的儿子们在塞尔瓦斯库拉森林找到的神奇泉水浇灌它,一个月后,你便能拥有一个小女儿。"

母亲和儿子们知道后都高兴极了。他们小心地把树苗放在一个漂亮的花盆里,接着男孩们全部出发去塞尔瓦斯库拉森林取水,来实现他们最大的心愿。他们到了树林后到处寻找,却哪里都找不到泉水,于是只能分头找,想着这样能增加找到的机会。突然间,最小的男孩甄纳利埃洛看到他面前站着一头漂亮的白色牡鹿。

"你要找的是神奇泉水吗?"牡鹿问。

"是的,"甄纳利埃洛回答,他听到这美丽的生物开口,非常惊讶,"你能告诉我它在哪儿吗?"

"当然可以了,我还会把它交给你。只要你答应我,把泉水送回家后再回到我这儿来。"牡鹿回答。

"我一定会的。"甄纳利埃洛说。然后牡鹿领着他穿过一条隐蔽的小路,到了一处风景幽雅的地方。那里树木茂密,有杨树、橡树、栗子树,还有山毛榉的枝叶层层叠叠,遮天蔽日。地上,一小片青苔、孔雀草和其他蕨类植物之间有一座神龛,上面放着一扇非常精致

的淡粉色贝壳，里面盛着几滴清澈的泉水。

"这就是你要寻找的泉水，"牡鹿说，"如果你保证将水送回家后立刻回到这里，对任何人都不提起这里的经历，你便能拥有这泉水。"

甄纳利埃洛答应了，把水放在他带来的小木桶里面，回到家把水交给母亲后便立刻跑回来，没有对任何人说起经历的事。他回到树林后，发现牡鹿正在他们早上相遇的地方等他。

"跟我来。"牡鹿说。

他们走了很久，一直走到茂密森林深处的一个别有洞天的山洞，山洞里面就和房间一样。他们走进去后，牡鹿忽然变成了食人魔，对男孩说："现在你是我的囚犯，你要留在这儿做我的仆人，直到你的生命结束。"

第二天，同样的事也发生在切基蒂耶洛身上，然后是努基奥……这样，七个兄弟全部被食人魔囚禁，变成了他的仆人。可怜的母亲绝望极了，她还不知道她的七个英俊的儿子到底出了什么事。

然而，这个月结束时，一个美丽的小姑娘从桃金娘树中降生，来到席安娜身边，就如那位老妇人曾预言过的一样。席安娜给她取名叫莫泰拉。

桃金娘的孩子

莫泰拉生得漂亮又迷人,是妈妈的好帮手,也给妈妈带去很多安慰。可是母亲仍没办法忘记她深爱的七个儿子,她一开始便对莫泰拉讲述她是如何出生的,还有她的哥哥们在找到带给她生命的泉水之后是如何消失的。所以,小女孩越来越想要找到她的哥哥们。在一个宁静的夜晚,繁星在漆黑的夜空中闪烁,席安娜和莫泰拉坐在阳台上,望着树林的方向。女孩请求母亲允许她去寻找她的七个哥哥。

一开始席安娜不答应。她很老了,只有这一个女儿,她决不要失去她,最后一个人孤独终老。但是女孩再三乞求,而且可怜的母亲太想知道她七个儿子的消息了,终于同意莫泰拉离开。母亲让她装扮成旅行者的样子,叮嘱她要多加小心,尽快回来。

莫泰拉走啊走,终于在晚上到了塞尔瓦斯库拉森林的一间小旅社。很多人在那里一边吃饭一边聊天,于是她问他们当中是否有人曾听说过发生在她七个哥哥身上的事。

"我想我知道。"一位颤颤巍巍的老婆婆说,她看上去和时间老人一样老,坐在一个黑暗的角落里吃着橙子。"他们一定全部成了纳塞特的仆人,他是塞尔瓦斯库拉的食人魔。到那里还有很长的路要走,而且我们不知道方向。另外,你必须要格外小心不能靠近纳塞特,我的孩子。食人魔不吃男人,但对进入他领地的女人可是会狼吞虎咽。"

桃金娘的孩子

莫泰拉一想到食人魔会把她连骨头一起吃掉就害怕极了，但是她打听到哥哥们的下落，非常开心。第二天，她小心谨慎地进入森林，走了一段时间后，她看到了山洞，还有在砍柴的甄纳利埃洛。她立刻就认出那是她的哥哥，因为席安娜已经把他们的样子全都详细描述过了。她走上前，介绍自己。甄纳利埃洛看到自己和兄弟们渴望已久的妹妹，喜出望外。为了她的降生，他们都成了食人魔的仆人。他立刻带她进屋，其他的兄弟们都在室内干活，这会儿食人魔正在外面寻找猎物。他们看到她都高兴极了，把她带到他们的房间里，让她偷偷藏起来，不要发出声音，他们会想办法一起逃离纳塞特的魔爪。

于是，莫泰拉被关在哥哥们的厨房里。他们千叮咛万嘱咐她千万不要离开房间，把厨房的活儿干完，并且一定不能忘了和猫分享食物。那是一只非常凶残的猫，可能会伤害她。

莫泰拉按照哥哥们说的做了。几天过去了，一切都很顺利，她的哥哥们很高兴有她做伴。而她做些家务、和猫玩耍也很开心，期待着有一天他们能够一起回家。一天，努基奥给她带了一块精美的蛋糕，莫泰拉贪婪地把整块儿全都吃掉了，没有给猫留一份。猫非常生气，把一壶水打翻在火上。可怜的莫泰拉不知道怎么把火再次生起来。她没有火柴，也忘了哥哥们的警告，跑出房间，到了食人魔的厨房，从火炉中拿出一些燃烧着的煤。

纳塞特就在不远处，他大喊："我闻到女人的味道了！她在哪儿？让我烤了她做早餐！"

莫泰拉听到之后，疯狂地跑回房间，把门锁起来，用家具抵住。而纳塞特已经把他的大刀磨得十分锋利了，他急匆匆追到门口，用力拽门。

听到声音后，七兄弟全都跑出来，知道事情经过后对食人魔说："我们也不知道这个坏女人是怎么进到我们房间的，不过你要是跟我们来，我们会带你悄悄进去，这样你就能不费劲地吃掉她了。"

说完，他们带着纳塞特走到房子后面。他们在那里挖好了一个大坑，把他一下子推进了坑里，再用土把坑填满。就这样，纳塞特再也不能作恶了。

之后，七兄弟和莫泰拉成了食人魔山洞和里面一切财宝的主人。但是冬天非常寒冷，他们决定在那里待到天气暖和一些，再把所有财宝带回家，和父母幸福地生活在一起。"你想做什么就做什么，家里你就是女王，"七兄弟对莫泰拉说，"但是要记住，任何情况下，都不要碰纳塞特葬身之处的花草，否则灾难会降临在我们所有人身上。即便在遇到危险的时候，也千万不要忘记我们说的话，一定要

桃金娘的孩子

小心。"

莫泰拉一想到食人魔拿着锋利的大刀在房子里追她、想要吃掉她的场景就害怕极了，于是她向亲爱的哥哥们保证，决不会靠近那个地方。就这样，他们幸福地生活在一起，度过了大半个冬天。春天即将来临时，他们计划着回家的旅程，想着他们的爸爸妈妈看到他们全都平安地回去，还带着那么多财宝时会有多么开心。

一天，七兄弟在树林里砍柴，想要做一辆小推车把行李运回家。一位旅行者来到山洞，因为痛苦而大声地哭着。他看到莫泰拉，告诉她自己在森林里的一棵松树上看到一只大野猫。正当他停下来看时，那凶猛的野兽感到被冒犯了，用尽全力朝着他扔了一个松果，打中了他的脖子，所以他的脖子上有一个大洞。这个可怜的人疼得以为自己要死掉了。

"我能帮你做什么？"莫泰拉友善地问，"我愿意做任何事帮你解除痛苦。"

"只有迷迭香做成的药膏才能治愈我的伤口，"旅行者说，"但是我不觉得离海边这么远的地方会有迷迭香生长。"

"等一会儿，让我看看我能不能找到。"莫泰拉跑出去寻找迷迭香，发现在食人魔的坟墓上面就长着漂亮的一丛。莫泰拉想到能帮助

可怜的行人解除痛苦，高兴极了，一下子忘了哥哥们的警告，迫不及待地摘了迷迭香做成药膏。她把药一敷在旅行者的脖子上，伤口便立刻愈合了。

可是，当她准备午餐时，七只白鸽飞到窗台上，说："哦，我们的妹妹啊，你怎么那么傻？为了治愈旅行者，在哥哥们正要带你回家时毁掉了我们所有人。现在我们要变成森林里所有猛禽的食物了，不出几天我们都要被猎鹰和野猫吃掉了。除非你能找到时光老人的母亲，让她告诉你如何将我们再次变回人类。"

听完，莫泰拉泣不成声，她乞求哥哥们待在房子里，以免她出去寻找时光老人的母亲时他们会受到伤害。

"小心啊，这条路很远，我们也没办法指引你。"七只白鸽说。

"没关系，我会一边问路一边走的。我会在这儿给你们准备很多吃的，这样你们就不用在我离开的时候出去了。"

七只美丽的白鸽忧郁地在桌子上站成一排。莫泰拉和他们告别之后，便快速离开了。她一直走到了海边，汹涌的海浪拍打着沙滩，在波涛翻涌的大海与悬崖之间，她看到一条巨大的鲸鱼被困在里面，徒劳地想要游到开阔的海洋里。鲸鱼看到莫泰拉后大喊："美丽的孩子，你要去哪里？"

"我在寻找时光老人的母亲，"莫泰拉回答，"你能告诉我她住在哪里吗？"

"沿着沙滩一直往前走，直到海浪和悬崖一样高的地方。然后向右转，在那里会有人指引你。还有，等你见到时光老人的母亲时，请帮我问问她我该怎么离开这里，现在我游不过几米就会被浪花冲到岸上或者打在悬崖上。"

"如果我到了那里，一定会帮你问问的。再见，鲸鱼。"

莫泰拉沿着细腻的白沙一直走，直到她看到海浪激起的浪花和悬崖一样高。然后她向右转，在开满鲜花的美丽乡村中没走几步，一只老鼠对她说："美丽的女孩，你要去哪里？"

"我要去时光老人母亲的家，美丽的老鼠。"莫泰拉回答。"你知道她住在哪里吗？"

"还有很远呢，"老鼠叹气，"不过不要气馁，只要你坚持下去，一定能按时抵达。沿着这美丽的田野一直走到山脚，那里会有人给你指引方向。"

"谢谢你，老鼠。有什么是我可以帮你的吗？"

"是的，"老鼠急切地回答，"等你到了那儿，请帮我问问老人我们老鼠怎么才能不必害怕猫。我是鼠国的国王，如果你能帮我得到这

桃金娘的孩子

宝贵的信息,我和我的臣民将会永远听从你的命令。"

"亲爱的小鼠王,我一定会帮你问一问。再见了,非常感谢你。"

"再见,莫泰拉,祝你好运!"

从那里看,山脚就在不远处,但那是晴日里群山们玩的古老把戏了。莫泰拉不停奔波,山脚却似乎也越走越远,但是她鼓起勇气,并不气馁。终于,她抵达了梦寐以求的终点。在山脚下,她看到一长队蚂蚁正在把很多小麦运回家。

"美丽的姑娘,你一个人要去哪里?"最大的一只蚂蚁问道,她抬着一粒比自己大许多的种子。

"我在寻找时光老人母亲的家。"莫泰拉回答。

"穿过山间狭窄的通道,等你到了平原,直接向前走。那里会有人指引你。加油!你已经离那里不远了。"

"谢谢你,好心的蚂蚁。有什么是我可以帮你的吗?"

"是的。请帮我问问时光老人的母亲,我们蚂蚁如何才能拥有更长的寿命。因为我们努力干活,在粮仓里囤积那么多小麦,做完之后却很快就死掉了,永远没机会享用我们的劳作成果,这样似乎没有意义。"

"我一定会帮你问一问。再见,蚂蚁。"

第二天晚上，莫泰拉已经穿过平原，来到一棵美丽的橡树边。那棵树生长了几百年了，绿荫如盖。古树看到这位年轻的女孩时，对她说道：

"来我的树荫下休息会儿吧，你看上去很累。"

"谢谢你，好心的橡树，"莫泰拉回答，"我很愿意那样做，不过我在寻找时光老人母亲的家，我在找到之前决不能浪费一分一秒。"

"你现在已经离那儿不远了，如果你走得够快，就能在今夜到达。不过等你到了那儿，请帮忙问问那位老人，我该如何重获尊严。我曾经是这片土地的骄傲，现在却只能用我的橡果喂猪。"

"我一定会帮你问一问。再见，橡树。"

莫泰拉跑开了，想到自己就要实现目标了，她开心极了。她的哥哥们在家里等她，而她很快便能再一次见到他们了。

正如橡树说的那样，傍晚时她来到一座非常陡峭的山脚下，而山顶上就是她寻找已久的房子。莫泰拉已经疲惫不堪，她坐在一块石头上休息，恢复一点儿力气。这时她看到不远的干草堆里躺着一位老人，似乎已经直不起腰了。她立刻便认出了这位老人，因为他正是无心中造成这一切烦恼的旅行者。

他抬起头，也马上认出她来，感叹道：

桃金娘的孩子

"真抱歉啊！小姑娘，让你经受这一切真对不起！我现在对任何人都没有帮助了，而且我也将不久于人世。不过在我死之前，我要给你一些建议，这样至少我还能做一点儿好事，回报你为我做的一切。

"等你爬到山顶的时候，你会看到一座老房子，老得看起来随时会坍塌，里面到处都是灰尘，结满了蜘蛛网。等你走进生锈的大门，你会看到一些倒下的柱子，柱子上有一条咬住自己舌头的蛇、一只牡鹿、一只渡鸦，还有一只凤凰。不用在意这些，直接走进去。你会看到墙边有一小堆一小堆的灰，每一堆灰都代表着一座随着时间逝去的著名城市。在这个房间里，你必须躲在最大的钟后面，等着时光老人离开。等你确定他走出去，听不到一点儿声音的时候，直接去其他房间，然后你便能看到坐在时钟上的一位老婆婆。她的头发缠绕在她身上，像一条巨大的马尾，长长的胡须一直垂到地板，脸上布满了皱纹，让人看不清她的容貌。你进去之后要做的第一件事就是拿走压在时钟上的砝码，这样时钟才会停止，老婆婆才会满足你的一切愿望。但一定要注意她必须以她儿子的翅膀起誓，否则她便不会履行承诺。好了，祝你在最后的旅程好运，再见了。"

这番话使莫泰拉受到了安慰，她朝着山顶出发，一切都和旅行者说的一样。她走进保存着古城市灰烬的房间，躲在时钟后面等时光老人飞走。他是个体型巨大的老人,白色的长头发一直垂到脚面,还留着浓密的白胡子,右手拿着一把大镰刀,左手拿着天平,背上长着一对巨大的白色翅膀,飞进飞出的时候风席卷了整个房间,产生了巨响。

他刚飞出去不一会儿,莫泰拉就看不到他了,因为他飞得非常快,不到一秒就能飞数千米。于是,莫泰拉去了下一个房间,看到时光老人的母亲坐在大钟上。她迅速地拿走了砝码,然后告诉老人她的心愿。时光老人的母亲立刻呼喊她的儿子,不过莫泰拉马上阻止她说:

"喊你的儿子是没用的,因为我已经拿走了砝码,只有我把砝码放回去的时候他才能移动。"

老人开始乞求:

"亲爱的,求求你把砝码放回去,我会给你你想要的一切,我保证。"

"不,不要。"莫泰拉说。

"把砝码还给我,我以我儿子的头颅起誓,我会给你你想要的一切。"

"不。"

"把它们还给我,我以我儿子的双手双脚起誓,你的愿望会实现。"

但莫泰拉仍然不愿意归还砝码。老婆婆没有办法,只能说:

"好吧,如果你把它们放回去,我以让我儿子四处飞翔的翅膀起誓,我会告诉你你想知道的一切。"

于是莫泰拉将砝码放回去,吻了老婆婆满是皱纹的手。这个礼貌的举动深深地触动了老婆婆,她友善地说:

"你去藏在门后,等我儿子进来,我会让他说出你想知道的答案。但不要让他看到你,因为他不会宽恕任何人,即便是他自己的孩子。而且,他会立刻吃掉你,让你连喊一声的机会都没有。"

等她把自己想要知道的事告诉时光老人的母亲后,便藏到了门后。她的儿子一回来,她便请他回答这些问题。恳求了许久,时光老人终于说:

"告诉橡树,只要它移除藏在它树根下的宝藏,人们便会再次爱戴尊敬它。给猫的尾巴系上铃铛,老鼠们便不会再害怕猫,因为只要有猫靠近,它们便会听到。蚂蚁只要不再长出翅膀就可以活一百年,因为一旦蚂蚁开始飞了,就代表着它们即将死去。如果鲸鱼和海蛇交好,海蛇便可以带它从深海的密道安全离开。至于那七只鸽子,只要栖息在财宝之柱上便可以变回人类。"

桃金娘的孩子

说完，时光老人再次从窗户飞走了。莫泰拉对老婆婆表达了感谢，然后跑到了山脚，在那里，她看到一直追随在她身后的七只白鸽。他们飞了这么远之后疲惫极了，此刻停留在田野里一头死掉的公牛的角上，听着他们妹妹的故事。突然间，他们全都变回了年轻的男孩。因为角是财富的标志，时光老人的预言就这样实现了。

他们回到橡树那里，把时光老人说的告诉橡树。于是橡树请求他们拿走财宝，任由他们随意处理。七兄弟找到一把铁锹，开始挖起来，最终发现了一大袋金子。橡树非常高兴，他们彼此祝愿后便告别了。

随着夜幕降临，他们已经非常疲惫，于是躺在一棵核桃树下睡着了。但是他们睡着后，一群土匪用结实的绳子将他们绑起来，把金子偷走了。

"啊，我们真倒霉！"可怜的孩子们大喊，"我们不仅丢了金子，现在还什么都没有，只能被饿死，或者被狼吃掉了。"

他们正喊着，这时鼠王赶来了。莫泰拉告诉它时光老人说的话，它们必须在猫的尾巴上系上铃铛，这样才不会被抓住。鼠王听到这么好的建议后非常高兴，它吹响口哨，忽然间成百上千只老鼠从鼠国赶来，它们一起咬绳子，把妹妹和哥哥们全都放了出来。他们可以再次自由行动了。

没多久,他们遇到了蚂蚁们,于是停下告诉它们如何活到百岁。

"为什么这样难过?"大蚂蚁感激地询问,"如果有什么我们能帮上忙的,一定尽力,因为你们帮我们做了一件大好事。"

"土匪们偷走了我们的财宝,我们绝对不可能拿回来了。"

"为什么不可能?我们知道是谁拿走了你们的财宝。他们是穆萨里耶洛的土匪,他们把财宝就藏在离这儿不远的一间小木屋旁的一堆干树叶下面。要是你们愿意跟我来,我会带你们去。昨天夜里我看到他们藏了一个大包裹,现在他们不在那儿,因为我听到他们说今天要去那不勒斯。"

年轻人们跟着蚂蚁,正如它所说,他们在木屋的一堆干树叶下面找到了财宝。接着,他们感谢了这小小的生物后,便匆匆前往海边,想着该如何回到阿马尔菲,回到亲爱的爸爸妈妈身边。

他们坐在岸边时,鲸鱼出现了。莫泰拉告诉了它回到深海要和海蛇成为朋友。这时甄纳利埃洛发出惊恐的尖叫。他看到土匪们拿着刀朝他们的方向跑来。鲸鱼看到他们危险的处境,说道:

"你们的妹妹对我一直非常友善,我会帮助你们。快跳到我的背上,我会带你们安全地回家。"

土匪们已经离得非常近了,十分危险。他们急匆匆地跳到鲸鱼背上,鲸鱼飞快地游走了,留下土匪们在海岸边干瞪眼。

他们游了一天一夜,鲸鱼把他们安全带到了阿马尔菲的海岸,还没等他们说声谢谢,就游走去寻找海蛇了。

年轻人们跑回家,看到他们的爸爸妈妈正在窗边坐着,等着他们回来。父母看到他们全都回来时多么开心啊!他们一个个活泼又健康,关系融洽,相处得和睦极了。

后来,他们回到纳塞特的山洞取回他们留下的财宝,一家人从此幸福地生活在一起。他们住在海边漂亮的房子里,从没忘了好心一定会有好报,善行是世界上最宝贵的财富。

菲拉多罗

很久很久以前，在离那不勒斯不远的地方有一片美丽的森林，里面高高的无花果树和杨树枝叶茂密，厚厚的绿荫遮天蔽日。在森林最茂密的地方，坐落着一间非常小的石头房子，墙壁已经摇摇欲坠，因为已经很多年没有人打理。四块砖头加上一块木板就是桌子了，一块木桩作为椅子，还有一堆干草做的床，这便是全部的家具了。

在这个凄惨的地方住着一个老婆婆，她已经非常非常老了，老到森林里的鸟儿只记得她现在的样子。她也非常丑陋，脸上布满皱纹，直不起腰，无论她走到附近的哪一个村庄，孩子们总是会害怕地跑开，嘴里喊着："博斯科法陶的老巫婆来了！快跑！快跑啊！"

这个不幸的可怜老婆婆常常只能吃一些植物的根茎果腹，因为

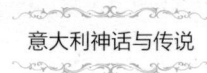

树林太茂密了，树荫下什么都无法生长。在无花果没有成熟的时候，她只能靠着一些施舍生活，而施舍也通常不多。

她已经差不多一周没有吃过什么东西了，走了很远的路去寻找食物。一天，有一位老人给了她一兜豆子。她想到晚上可以美餐一顿便开心极了，于是用她的老胳膊老腿能承受的最快速度匆匆赶回家，捧着如神圣珍宝般的豆子，然后把这宝贝豆子小心地放进她最好的一口锅里（她有两口锅，这是一口陶锅，只有一只把手，还满是裂纹）。她把锅放在窗台上，让豆子保持新鲜，然后去树林里捡些树枝来生火。

非常倒霉的是，那天好巧不巧，那不勒斯国王的儿子纳德·阿涅洛偏偏来到了博斯科法陶森林，想要在远离王宫的地方找找乐子。纳德·阿涅洛一看到老石屋和放在窗台上的一锅豆子，一个念头立刻浮现在他轻率的脑袋里：要是他们（他还有几位随从跟在身边）轮流扔石头，比比看谁能击中锅的正中间，一定非常有趣。

于是他们开始扔石头。正当老婆婆用围裙捧着一小把柴火回来的时候，纳德·阿涅洛正好用一块大石头砸中锅子，把锅砸得粉碎，豆子也全都掉进泥里了。

老婆婆看到自己好不容易找到的食物、期待已久的晚餐变成了

菲拉多罗

泥巴里的垃圾,锅也成了碎片,你可以想象她当时的怒气了吧!她用尽全身的力气朝着王子破口大骂:"祝你落进食人女魔的手里,她不会把你当王子,而会把你当作最低贱的仆人。你会爱上她的女儿,所以你为了她的女儿也要受尽折磨,最后被世界上最丑的食人女魔生吞活剥。"

纳德·阿涅洛听到这恐怖的诅咒只是笑了笑,他并不相信这位老婆婆在施魔法。接着他穿过森林,和他的随从们分头走了。

突然他停了下来,被眼前的一幕迷住了。在一棵枝叶茂密的高大白杨树下,一个可爱的女孩菲拉多罗坐在冰凉的绿草上。在她面前的草地上爬着一排蜗牛,背上的壳漂亮极了。她在召唤它们,说:

"哦,小蜗牛,伸出你的触角!

你们的妈妈在喊你们回家,

去看你们刚刚出生的小弟弟呢。"

于是所有的蜗牛都朝着她爬过去。她把它们轻轻地放在手里,喂它们吃蜗牛非常喜欢的特殊叶子。纳德·阿涅洛一生见过许多美丽的姑娘,但没有一位像她一样:浓密亮丽的卷曲秀发几乎垂到脚面,深邃的眼睛似星星般闪亮,皮肤像百合和玫瑰花一样白里透红,还有小巧白皙的双手,那么温柔、那么美丽……他站在那里惊奇又爱慕地

定睛看着她。女孩抬起头,王子立刻爱上了她,她也爱上了王子。因为王子也是个非常英俊的年轻人,有着世界上最迷人的微笑、最明亮醉人的眼睛。

有那么一会儿,他们就站在那儿对望。然后纳德·阿涅洛似乎缓过神来,开口说:

"哦,最最美丽的仙子!你是如何在这森林里迷路的?怎么没人看见你呢?你为何不到村子里去?让我亲吻你的手吧,美人——我爱你爱到无法自拔!"

听到这些话之后,菲拉多罗脸红了,看上去更加美丽。她伸出手给王子亲吻,姿态优雅如女王一般。但是正当欢天喜地的王子接过手放在唇边,一顿愤怒的呵斥劈头盖脸地降临在他头上。

那是可怕的食人女魔,菲拉多罗的母亲。她恶毒又丑陋,住在森林里,总是会寻找年轻人的鲜肉来吃。她这样的食人女魔到底是如何拥有宝石一般的美丽女儿的?这一直是个谜,没人知道。她吼完王子,还用棍子打他,逼他进入她的房子,说:"如果今晚之前你没耕完三十亩土地,种完小麦,我就会把你活剥,吃掉你!"

说完,她便离开去和森林里的其他食人女魔聊天,跟她们说自己幸运地抓到王子来吃。他的肉该有多么鲜嫩啊!

与此同时，可怜的纳德·阿涅洛坐在一个木桩上，郁郁寡欢地看着他将要耕种的土地。他怎么可能耕完啊！他这辈子甚至从来没有拿过耙子！正当他想到食人女魔要把他生吞活剥时，他的眼里涌出泪水。他再也见不到他的妈妈、他的王国，还有他壮丽宫殿前延伸数里的美丽海岸……

他正想着自己悲伤的命运，回想起早上自己的淘气行为导致了这悲惨的下场。忽然，一只手温柔地放在他的肩膀上，菲拉多罗用甜美的声音轻柔地说："为什么这么悲伤？我们在一起，而且深爱对方，你不高兴吗？""有什么用呢？"纳德·阿涅洛难过地回答，"我今晚就要被你妈妈吃掉了。我不可能在她回来之前把土地耕种好。""别担心这些琐事，我的爱人，"菲拉多罗安慰他说，"在我妈妈回来之前，这片地会被耕种好。来吧，开心一点儿。"

到了晚上，第一批星星刚在平静无云的夜空中升起时，王子赶忙跑到田地里。食人魔回来的时候发现他站在那里，肩上扛着耙子，身边是空空的小麦袋子，还有耕种好的田地。

这当然让老食人魔非常惊讶，但她什么也没说，只是让王子睡在猪圈里。第二天一早，她出现在阳台，给纳德·阿涅洛看四棵大橡树的树干，对他说："今晚之前你必须要将这些树砍成能放进厨房炉

菲拉多罗

子的柴火。如果没干好,我就把你做成一锅炖肉吃掉。"

说完,她喊来菲拉多罗,让她放下头发,然后离开去和其他食人女魔闲聊了。房子里没有楼梯,所以菲拉多罗只能放下她的头发让她的妈妈爬上爬下。

等食人女魔离开后,纳德·阿涅洛站在他要砍的木柴前沉思。当然他不可能尝试去做。第一,他是位王子,而不是樵夫,他之前从未见过斧子;第二,在这么短的时间里砍完这些木柴,一位樵夫是不可能完成的,需要三位才可以。除了成为食人女魔的一锅炖肉,他什么都做不了。

这时菲拉多罗来了,她把自己的头发绑在阳台上,顺着爬下来。她再一次让他不必担心,只要跟她来,木柴自然会砍好的。到了晚上,奇妙的事再次发生,所有的木柴都砍好了,而食人女魔没办法挑出王子的错来。

第二天早上,她命令王子去腾空一个像湖泊一样大的水箱,离开时还嘟囔着她今晚要吃掉他,因为她喜欢鲜肉,她也感到肯定有人在帮王子。

菲拉多罗下来时看上去忧心忡忡。

"我们现在必须逃跑,"她十分担心地说,"我害怕我妈妈已经发

菲拉多罗

现了是我在帮你,要是她知道的话,她一定会把我们两个都杀掉的。而且她已经决定今晚要吃了你。"

"哦,亲爱的!"纳德·阿涅洛大喊,"要是你能帮我摆脱这恐怖野兽的魔爪,我会带你去那不勒斯,一到那里就和你结婚。但是我们怎么能不让食人女魔发现呢?"

菲拉多罗跑到房子里,拿出一大锅当作晚餐的通心粉,给家里的所有物品都分了一大勺,这样它们就不会把她要离开的事情说出去。食人女魔房子里的一切都有魔法,要是有什么事不对,它们就会大喊,这样食人女魔便会立刻赶回家查看。就这样,她和纳德·阿涅洛离开了。他们用最快的速度跑着,一路到了波佐利,脱离了危险。王子说:"我美丽的新娘,让你穿得这样破烂便带你回王宫实在说不过去。在这间旅社等我,我会去帮你取来漂亮的裙子和马车,带着我的部下,这样你就能以王后的身份进入那不勒斯了。"

菲拉多罗非常高兴,说她会等待。但是早上她匆忙逃跑的时候,忘了给她的镜子一勺通心粉,镜子非常生气。不过镜子很爱菲拉多罗,所以白天都没有说话。等晚上食人女魔回来,开始询问家里的每件家具她的女儿和囚犯去了哪里。镜子终于忍不住了,说他们已经一起离开去那不勒斯了,并且希望在那里结婚。

"他们不会结婚的。"食人女魔愤怒地大吼。"一旦纳德·阿涅洛被其他女人亲吻,那一瞬间他便会忘记菲拉多罗!"

正当她说完这诅咒,王子走进了王宫,他的王后母亲欣喜若狂——因为她非常害怕他已经意外离世了。她朝着他跑过去,紧紧地搂住他的脖子,吻了他。于是,因为食人女魔的诅咒,王子立刻忘记了菲拉多罗。

这时可怜的姑娘还在波佐利的旅社苦苦地等待着,但是一天又一天过去了,她的爱人仍未回来。菲拉多罗感到悲痛且失望,因为她不可能再回到她的母亲身边,而且,她那么喜欢纳德·阿涅洛,为了和他在一起她愿意做任何事。她不知道发生了什么,但她知道他爱她,绝对不会抛弃她。

她正哭着,望着窗外看他有没有来,这时一只小白鸽飞到她的肩上。那是菲拉多罗的宠物,她曾经从鹰爪下把它救下来。女孩看到她的宠物非常开心,轻轻地抚摸它的羽毛。随后鸽子告诉了她食人女魔的诅咒,还有王子有一天会迎娶邻国一位邪恶的公主。菲拉多罗听完后立刻让鸽子飞去王宫传信,让王宫的仆人来这间旅社,因为她要给王子和他的新娘准备一份礼物。仆人来了。菲拉多罗拿出一把锋利的刀,把她美丽白皙的手臂划开,从里面拉出一条金子和宝石

做成的绝美的围巾，把它递给仆人，说："这是我为公主准备的新婚贺礼。"

仆人十分惊讶，跑回王宫，把围巾送给新娘。她正和纳德·阿涅洛坐在王座上。仆人们把美丽的女孩和如何拿到围巾的事告诉他们。像猫一样善妒的新娘听完之后，她说："哦，那不算什么，我能做得更好。"于是她让仆人拿一把锋利的刀给她。但是她一割开自己的手臂，便倒在地板上死掉了。

不久后，纳德·阿涅洛被迫迎娶另一位新娘——善妒的公主的妹妹。菲拉多罗再一次叫来王子的仆人——她已经不住在那间旅社了，而是建了一个充满魔法的小房子，所有的活儿都由家具去做。所以当仆人们来敲门的时候，门自动打开了，一条神奇的楼梯把他们带到菲拉多罗的房间。女孩取来了一口盛满热油的锅，事实上，她只是拍了拍手，油锅便匆忙飘过来了。她把手伸进锅里摆了摆，拿出了几条非常漂亮的金鱼，把金鱼放在金盘子上递给仆人，让他们交给新娘。仆人们再一次把发生的事讲述出来，新娘听完后，立刻说道："哦，我能做得更好！"于是她要求仆人拿来一口滚烫的油锅。不过她一把手指伸进去，就重重地烫伤了自己，然后死掉了。

纳德·阿涅洛看到自己的新娘因为愚蠢的嫉妒心而死去感到非

菲拉多罗

常恼火。不过,为了讨他的王后母亲开心,他还是答应了娶她们姐妹中的最后一个,而她的嫉妒心是最厉害的。这一次菲拉多罗走进一个烧得通红的火炉,带出来一块精美绝伦的蛋糕。整个那不勒斯王国都没人见过这么漂亮的蛋糕,上面装饰着鲜花,还有各种蜜饯水果,闻起来也非常美味。所有人都想尝一尝,他们吃过后都说这美味是世界上前所未有的。

当新娘听到蛋糕是如何制成的之后,她立刻说她也会做,而且做得更好。纳德·阿涅洛试着劝她,让她不要落得和她的姐姐们同样悲惨的下场。即便纳德·阿涅洛最后非常生气,说他一点儿也不在乎她死掉,她还是坚持。于是她走进烧得通红的烤箱,当然,她做不出蛋糕,反而被烤死了。

王子决定要查清楚到底是谁导致他的三位新娘都死掉了,无论是否有意。仆人们带她去了菲拉多罗的魔法房子。纳德·阿涅洛一靠近房子,门就自动打开了,铃声响起来:"欢迎,英俊的王子!"纳德·阿涅洛十分惊讶。但当他被带到楼上,菲拉多罗和他第一次在树林里见到她时一样美丽,金色的秀发变得更长、更光亮了,肤色像百合和玫瑰花一样白里透红,深邃的眼睛充满了爱的光芒。他们四目相对时,咒语便被打破了,王子把她拥入怀中,急匆匆地将她带回那不

菲拉多罗

勒斯,恐怕食人女魔会再一次插手伤害他们。

接着纳德·阿涅洛把他们在博斯科法陶的冒险故事讲述给他的父母,告诉他们菲拉多罗是如何救了他的性命。

就这样,他们举办了一场空前盛大的婚礼。王子和菲拉多罗住在湛蓝海边华丽的大理石宫殿里,从此幸福地生活在一起。此后,王子再也没有伤害过贫苦的人们,因为他已经汲取到了教训,明白了仅仅为了让自己开心而给别人带来麻烦和痛苦是恶劣不堪的。他十分正直善良,他的臣民都爱戴他,提到他时都说"善良的王子和仙子新娘"。

小猫仙子

很久很久以前,在意大利南部住着一位叫作卡拉多尼亚的女人。她在山腰上有一间小房子,周围种满了橄榄树和仙人掌,地上的草被夏日火一般的太阳烤得焦黄。和她住在一起的还有她的两个女儿,塞西莉亚和格兰迪西亚。

格兰迪西亚是卡拉多尼亚亲生的孩子,所以被宠坏了。不过她长得丑陋极了,土黄的肤色、蓬乱的头发,还有一双斜眼。除此之外,她还是世界上最粗鲁无礼、最难以相处的小孩。相反,塞西莉亚是个甜美的漂亮姑娘,听话又友善,总是愿意帮助任何有需要的人。不过,因为她是卡拉多尼亚的继女,卡拉多尼亚和格兰迪西亚都很讨厌她,她们把家里所有的脏活累活都交给她,还让她穿得破破烂烂,

而格兰迪西亚一上午都穿着漂亮衣服坐在阳台上，摆弄着她的纺车。即便如此，所有接触过塞西莉亚的人都很喜欢她，而大家都非常讨厌格兰迪西亚，不是因为长相丑陋——那并不是她的错，而是因为她的态度粗鲁无礼，对人一点儿都不亲切。

母女俩总是整天想方设法挑塞西莉亚的错，找借口打她。

一天早上，格兰迪西亚正坐在镜子前面想把自己打扮得好看一些，但她从来没能如愿。而塞西莉亚干完了所有的家务后，又被差去放羊，还要纺一斤麻。这些活儿对于一个小姑娘来说实在是太多了。于是，即便已经工作了一整天没休息，晚上她回到家的时候还是只纺出了一半。卡拉多尼亚非常生气，拿出棍子残忍地打了可怜的小塞西莉亚，然后让她饿着肚子睡觉了。

第二天一早，塞西莉亚出去放羊时，她的继母让她纺完两斤麻，而且无比严厉地对她说，如果晚上没完成的话，就要比前一天打得更重，还会让她一天都没有饭吃。

于是小姑娘闷闷不乐地出门了，牵着身后的羊，手里抱着要纺的麻，看起来悲惨极了。她把山羊带到常常吃草的地方后，去草地间欢快流淌的小溪边哭了起来，哭得心都要碎了。

这时一位满脸皱纹、跛着脚的老婆婆经过，她费力地背着一大

小猫仙子

捆柴火，这对于她来说实在是太重了。塞西莉亚抬头看到了她，立刻忘记了自己的烦恼，跑到老婆婆身边，非常礼貌地问道："婆婆，请问，我能帮你搬柴火吗？"

"谢谢你，孩子，"老婆婆说，"要是你愿意帮忙的话我会非常感激，因为我太老太虚弱了。"塞西莉亚年轻力壮，她把柴火扛在肩上，送到了离溪边不远的小屋。当她把柴火放下时，老婆婆亲切地问道："我刚遇到你的时候你在哭吧，告诉我，发生什么事了？"

"我妈妈让我纺完两斤麻，"塞西莉亚抽泣着，"要是我今晚之前做不完，她就要打我。但是我做不到，昨天我努力试着纺完一斤，根本做不到！"

"这就是你全部的烦恼吗？你是个十分善良的小女孩，我会告诉你怎么办。你要轻轻地拍你的山羊后背，然后说：

'小羊，小羊，帮我纺麻，

我会喂你吃新割的青草。'

等你说完，把麻放在山羊边，去割一些鲜嫩的青草给它。然后就大功告成了。"

塞西莉亚高兴得不得了，她开心地回到田地里，按照老婆婆说的去做了，于是当她回家的时候所有的麻都纺好了。卡拉多尼亚非常惊讶，也十分失望。

　　第二天恶毒的继母给了塞西莉亚四斤麻去纺，因为她肯定塞西莉亚不可能在一天之内全部纺好。不过，她感到前一天纺好的麻一定有什么蹊跷，便让格兰迪西亚跟着塞西莉亚，看看是谁在帮她。格兰迪西亚悄悄地跟着塞西莉亚，一直到了地里，然后藏在溪边树林中的一棵大仙人掌后面。她看到塞西莉亚让山羊去纺麻，而自己去收集新鲜的草给羊吃。格兰迪西亚跑回家，把看到的事告诉了妈妈。她们生气极了，所以等塞西莉亚回到家后，她们把山羊杀掉当作晚餐，只给塞西莉亚一些骨头吃。晚饭过后，如往常一样，塞西莉亚去厨房洗碗，把骨头收起来准备扔掉。但正当她准备这么做的时候，她听到低语声："不要把骨头扔掉，把所有的骨头小心地收好，埋到花园里。"塞西莉亚一如既往地听话，于是便按照说的去做了，接着上床睡觉了。

　　低语声一停止，卡拉多尼亚就对格兰迪西亚说："我有一个非常好的主意！我们让塞西莉亚去仙子们那儿借一个筛子吧。人人都知道她们非常恐怖，她们肯定会狠狠地抓伤她，这样她就不再漂亮了。"

　　格兰迪西亚听到后非常高兴。第二天一早，塞西莉亚就被叫起来去仙子们那儿。女孩早就听说过格罗塔佩拉塔的仙子十分恶毒，她害怕极了,求卡拉多尼亚不要让自己去。但是卡拉多尼亚却威胁她,如果她不能带着筛子回来就会打她。所以,塞西莉亚只能去了,在树林间摸索着,大大的蓝色眼睛里噙满泪水。

她走着走着,突然遇到了她的朋友,那位老婆婆。老婆婆上前轻抚她的头发,说:"怎么又哭了?这次发生了什么事?"

"我必须得去格罗塔佩拉塔的仙子们那儿借筛子,但是我不敢去,我听说她们非常残忍。"

"宝贝儿,听我说。你到了宫殿后,里面会要求你把手指放进锁眼里,不要那么做,就放一根小木棍。接下来,我相信你遵循自己善良的本性去做就好了,尽全力讨所有人喜欢。好了,再见,祝你好运,孩子。"

说完,老婆婆便消失在大仙人掌后面了,塞西莉亚也继续上路,感觉振奋多了。没多久,她便到了宫殿的门口,敲门后,里面传来的声音大喊:"把你的手指伸进钥匙孔里。"塞西莉亚把她从树林里捡到的小木棍放了进去。木棍断了,大门打开,坐在大厅里的仙子们正忙着施魔法咒语。她们让她在房子里转一转,等她们完成手上的事就会把筛子准备好。

塞西莉亚首先来到了一个很大的房间,里面有各种各样的小猫——黑的、白的、蓝色的、黄褐色的，还有虎斑的，个儿顶个儿的漂亮。它们一只在掸尘，一只在缝衣服，一只在生火，还有一只在做饭，另一些在洗洗涮涮。所有的猫都在认真干活，用后腿站着跑来跑去，看上去十分忙碌。

"哦，好可爱！"塞西莉亚忽然激动地脱口而出，"它们多可爱啊。它们可爱的小爪子怎么能做这些粗活。我来做！"于是她开始干起活儿来。她经常做家务，所以干得又快又好，现在房间里已经清扫干净，火生好了，盘子洗好擦干了，衣服被缝好了，一切都被收拾得干干净净。然后她坐在椅子上，左右肩膀上各坐着一只猫，还有一只在膝上，剩下的猫全都围着她欢快地跳舞。这时，一只体型巨大的黑猫走进房间，毛发像漆黑的夜空一般，这只猫叫加托·马蒙。所有的猫咪互相拉着对方的爪子，围成一圈跳舞，唱着："喵呜，喵呜，喵呜！塞西莉亚把我们的活儿都干完了！"

加托·马蒙非常高兴，问道："你中午要吃什么？面包和洋葱，还是蛋糕？"

"面包和洋葱，"塞西莉亚回答，"我吃惯了这些。"

"那么你就吃蛋糕和水果吧。"加托·马蒙说着帮她准备好了午餐。

等塞西莉亚吃完，加托·马蒙带她走上一座很漂亮的玻璃楼梯。在她走上去之前，女孩脱掉了自己的木鞋，而且走路时轻轻地踮着脚，这样就不会把玻璃楼梯踩碎了。到了二楼，加托·马蒙带塞西莉亚走进一间非常漂亮的房间，里面的几张桌子上放着丝绸和棉布裙，金子、银子和铜质的硬币，还有钻石和珠子耳环，他让塞西莉亚随意挑选。塞西莉亚拿了一条棉布裙、一把铜币，还有一对珠子耳环。

加托·马蒙看到她这样谦逊，高兴极了，于是给了她一身漂亮的丝绸衣裳，一袋金子和一对钻石耳环。接着他说道："等你出了大门之后，你会听到驴子的嘶鸣，不要回头看。但是当你听到公鸡打鸣的时候，要向上看。"

小塞西莉亚开心极了，她长这么大从没有人这样友善地对她，她也从未见过和猫咪的礼物一样华美的东西。她行了个礼，和猫咪们说了再见，然后拿着在大厅准备好的筛子回家了。她出发后一头驴子大声地吼着："咿——啊，咿——啊！"但是塞西莉亚无视了它。随后一只公鸡打鸣："嘎嘎嘎！"她立刻抬头看，一颗明亮的星落在她的额头上。

卡拉多尼亚和格兰迪西亚看到塞西莉亚毫发无伤地回来，还穿

小猫仙子

着漂亮衣服,看上去更加美丽动人了。她们几乎要气昏过去,便试着把她的漂亮衣服和星星抢过来。但是那些是仙子的衣服,只有仙子们赠予的人才能触碰到。

等她们用完了筛子,格兰迪西亚说:"我把它送回去,我一定会得到比塞西莉亚更漂亮的衣裳。"

路上她遇到了老婆婆,老婆婆问:"你要去哪里呀,小姑娘?"

"滚开,闭嘴吧,你这个愚蠢的老东西!"格兰迪西亚用她难听、沙哑的声音喊,"我愿意去哪儿就去哪儿。"

"好,好,好姑娘,你愿意去哪儿就去哪儿。"

当格兰迪西亚来到门前时,里面的声音让她把手指伸进钥匙扣,她照做后,手指被狠狠地拽进去折断了。她生气极了,进门把筛子扔给仙子们,说着难听的话。然后,她看到干活的猫咪们,就拽住它们的耳朵和尾巴,把它们踢来踢去,用各种办法伤害它们。可怜的猫咪们开始喊叫起来,于是加托·马蒙走进来,对这个残忍的女孩十分愤怒。

不过,他仍然问了同样的问题:"你愿意吃面包和洋葱做午餐吗?"

"面包和洋葱?你怎么敢让我吃面包和洋葱!你自己吃去吧。至于我，我只吃蛋糕，而且是最好的那种。"

"那么你便吃蛋糕吧。"加托·马蒙回答，让一只猫咪把蛋糕拿过来。不过等格兰迪西亚一把蛋糕放进嘴里，便被狠狠地烫伤了。她疼得不得了，因为那是仙子的蛋糕，坏心眼的人吃到就会受伤。

随后，加托·马蒙带她走上玻璃楼梯，警告她要小心。但格兰迪西亚还是跑上去了，木鞋重重地踩在玻璃上，所有玻璃都被踩碎了。加托·马蒙非常生气，而格兰迪西亚也被锋利的碎片划伤了。接着，他们到了摆放着漂亮裙子的房间，格兰迪西亚立刻选择了最好的丝绸连衣裙、一袋金子，还有一对钻石耳环。不过她一穿在身上，裙子就变成了脏兮兮的破布，金子变成了落叶，而耳环变成了蝎子，尾巴钩在她的耳朵上。格兰迪西亚更加愤怒了，她甚至想要杀了加托·马蒙。不过他是一位魔法师，当格兰迪西亚想要伤害他的时候，他开始长大，变得越来越大，一直碰到了屋顶，然后穿过屋顶消失了。

等格兰迪西亚走出大门，驴子开始大声地嘶吼，女孩回过头也大声地朝它喊。这时驴子的尾巴掉在她的额头上，牢牢地粘在那里。要是说她之前长相普通，那么，现在有了这条丑陋的尾巴挂在她的脑袋前，她看上去更加恐怖。当卡拉多尼亚看到她的心肝宝贝这个样

子回到家时简直怒气冲天，难过不已。

就这样过了几天，国王骑着马经过，停留在小屋门前，对卡拉多尼亚说："请给我一篮子石榴。"

"荣幸之至，殿下。"卡拉多尼亚回答，"不过这里没有石榴树生长，只有仙人掌和无花果。"

"你为什么要这么说？你家门口不就长着一棵漂亮的石榴树吗？"国王生气地反驳。于是卡拉多尼亚走出来。看啊！忽然之间，小屋的门前长了一颗枝叶茂密的石榴树，在层层叠叠的叶子间可以看到诱人的红色果实已经成熟。卡拉多尼亚非常惊讶，不过她表达歉意之后便试着摘一篮这诱人的果实。可是当她够低处的树枝时，树枝却变得更高，让她无法碰到。"你这里难道没有其他人能给我摘一些水果吗？"国王大声说。

"我的女儿也许可以，殿下。"卡拉多尼亚说，接着把格兰迪西亚喊出来。她这时正坐在镜子前，想要把丑陋的驴子尾巴藏起来，把妆容画得更漂亮一些。但是白色和粉色的颜料并没能让她变漂亮，反而看起来比之前还要糟糕。格兰迪西亚用尽全力试着去采摘水果，甚至爬上了梯子，但是树枝不停地长得更高，她只是在白费力气。

"你的家里难道没有别人了吗？"国王咆哮着，他现在已经很生

小猫仙子

气了。

"哦,有的。有仆人,但是她一无是处,也帮不上忙。"

"立刻叫她来。"国王下令。

卡拉多尼亚不能违背国王的命令,于是把塞西莉亚喊了出来。女孩出来时穿着仙子给她的漂亮裙子,她额前的星星比以往更加闪耀,她是那么美丽,就像一位仙子公主。国王爱慕地盯着她入迷了。

塞西莉亚优雅地向国王行了礼,如宫廷里的小姐一般,然后走到树下。树枝立刻变低了,果实自己掉进了塞西莉亚拿着的篮子里。当然了,这是塞西莉亚自己的树,是那只小山羊的骨头变出来长大的。

国王看到美丽又有礼貌的塞西莉亚十分欢喜,于是决定要娶她,还说第二天就会来接她。

卡拉多尼亚当然没办法反对,但是她请求国王用铁做的马车来接塞西莉亚。因为女孩太娇弱,不能在玻璃马车里旅行(国王总是坐着玻璃马车,这样他的臣民可以看到他)。

那晚,当塞西莉亚平静地睡着,梦着等待她的幸福生活时,卡拉多尼亚去了树林,把格兰迪西亚藏在了一个木桶里。

第二天一早,国王和他的侍从带着铁马车来接他的新娘。塞西莉亚穿着婚纱，还戴着美丽的面纱，空气里弥漫着橙花的香气，闻起来甜美无比。接着，她和卡拉多尼亚坐在马车里，国王骑着马走在前面，开始朝着多拉贝拉城出发。

等他们到了格兰迪西亚藏身的地方，卡拉多尼亚要求马车停下，借口说塞西莉亚想要去树林里采集一些十分稀有的花。就这样，她带着可怜的孩子走进树林深处，格兰迪西亚正藏在木桶里等着她们。

可怜的小新娘！两个恶毒的女人把她漂亮的婚纱扒下，把她的嘴堵住，绑住她的手和脚，然后把她扔进木桶里，把盖子封得严严实实，可怜的塞西莉亚几乎不能呼吸。然后卡拉多尼亚让格兰迪西亚穿上婚纱，剪掉她额前的驴尾巴，把一块非常厚的白色面纱戴在她的头上。做完这一切，她们跑回马车上。我已经告诉过你，马车是用铁做的，所以任何人从外面都看不到里面的情况。于是，皇家的队伍继续朝着多拉贝拉城前进，国王的宫殿就在那里。

国王骑着他的白色骏马快马加鞭，因为他非常急切地想要回到家，和他美丽的新娘单独待在一起。他时不时地回头看身后的马车，那里面坐着的人是他在世界上的最爱，对她的爱甚至要超过对王国的爱。突然间，马车被一群猫咪围住了，它们颜色各异，体型也不相

小猫仙子

同,叫得一声比一声响。这些不知道从哪里来的猫看起来那么可爱,没有人忍心把它们赶走。不过国王听着它们喵喵的叫声,听到了它们说:

"喵呜,喵呜,喵呜!"

美丽的新娘在木桶里，

丑陋的戴着面纱。

威武的国王啊，快回到树林，把你的新娘带回来，给她一些食物。"

国王听到猫咪张口说话非常惊讶，立刻到马车前打开车门，里面是卡拉多尼亚和格兰迪西亚。格兰迪西亚变得更加丑陋了，因为这时她额前的驴尾巴已经长得比之前还要长。国王的愤怒无以言表，但是他并没有立刻惩罚这两个恶毒的女人，而是让随从跟着他回到树林，越快越好。他骑马跑在前面，而猫咪们跑在最前面给他带路。木桶被藏在树林深处很多树枝的下面，不过猫咪们直接带国王找到了，没有浪费一点儿时间。打开木桶后，他们看到了可怜的塞西莉亚，穿着脏兮兮的破布，几乎要晕过去了。

国王记得猫咪的忠告，给他的新娘一些水果吃，等她恢复了一些，便带她坐在自己的马背上。因为他再也不敢冒险让她一个人和卡拉多尼亚还有格兰迪西亚待在一起了。他们就这样骑马飞驰到多拉贝拉城。

国王的宫殿建在城镇的高处，全部是由白色的大理石和纯金建成的。当他们抵达的时候，宫殿在夕阳的余晖下闪耀着辉煌的光芒。

宫殿周围是漂亮的花园，里面种着十分稀有的鲜花，还有高高的树木绿荫如盖，柔软的草地绿意盎然。国王和他美丽的新娘在这里举办了婚礼，美丽的景色包围着他们。有了丈夫的爱，塞西莉亚十分快乐，她忘记了所有的不幸，从此幸福地生活下去。

至于卡拉多尼亚和格兰迪西亚，她们变成了大理石雕像，用来支撑塞西莉亚卧室的阳台。那天起，猫咪们成了多拉贝拉王国上上下下的最爱，宫殿里随处可见它们的身影。国王和塞西莉亚都非常喜爱它们，因为他们现在的幸福全都是猫咪们的功劳。

三个石榴

很久很久以前，有一片神奇的土地，那里太阳永恒闪耀，天空永远湛蓝。这里住着一位叫作森佐洛的王子，他是王储的继承人，所有臣民都十分爱戴他。因为他不光是世界上最善良的王子，他的样貌也十分英俊潇洒。在整个特拉基亚拉，你再也找不到像他一样高大、强壮的年轻男子，他有一头乌黑亮丽的卷发，一双深邃的眼睛炯炯有神。

森佐洛的堂兄弟莱安德罗也住在特拉基亚拉王国，他和克拉丽斯小姐订了婚。这位小姐十分有野心，而且心地恶毒。如果森佐洛去世，那么就会由莱安德罗继承特拉基亚拉王国。克拉丽斯总是想方设法劝她的未婚夫除掉可怜的森佐洛，那样有一天她便会是王后。

三个石榴

为了实施这个邪恶的阴谋，莱安德罗和克拉丽斯把他们的愿望告诉了法塔·魔伽娜。她是一个邪恶的女巫，住在海边，以海草和螃蟹为食。她生命里的唯一目标就是伤害别人，她不止一次让那些开心出海的小渔船最后在她住处边的峭壁搁浅。

当莱安德罗和克拉丽斯找到她的时候，她十分高兴，因为她喜欢邪恶的人，立刻对他们的愿望产生了浓厚的兴趣。他们商量了一段时间后，大家一致同意让森佐洛慢慢死去效果更好，对他们也更加安全。于是，在他们两个人离开之前，魔伽娜给了他们一瓶为王子准备的糖浆，里面混合了海草、仙人掌、贝壳灰，还有毒树的果实，他们要把糖浆分几滴多次加入王子的汤里。

莱安德罗小心地按照魔伽娜的指示做了。结果没多久，可怜的森佐洛变得越来越虚弱，他再也不能像过去那样外出打猎了。过了一段时间，他虚弱得连勺子也举不起来了，而且他再也不能笑了。

国王看到自己唯一的儿子在本应朝气蓬勃的年纪日渐憔悴，悲痛欲绝，于是找来一位老占星家，询问有什么办法可以让森佐洛恢复到往日的活泼。老人查阅了一些古书后，说王子是被人施了咒语，唯一能够打破魔法的方式就是让王子大声笑出来。

第二天，特拉基亚拉全国发布了公告，将会在大广场举办竞

三个石榴

赛,所有人都受邀参加,无论是男人、女人还是小孩,凡是能够让王子大笑的人将会得到丰厚的奖赏。

竞赛那天,森佐洛王子和他的朋友们坐在阳台上。他看上去疲惫又悲伤,光是看着他就让人忍不住落泪了。那天天气晴朗,天空湛蓝,鸟儿飞来飞去,叽叽喳喳欢快地唱着歌,栀子花和晚香玉的香气在空气中弥漫,沁人心脾。广场里挤满了人,他们全都非常快乐,不停地跳着舞:弄臣、小丑和魔术师全都使出了他们的看家本领,做出最滑稽的表演,可是没人能让王子笑出来。

法塔·魔伽娜也混在人群当中,她一直在看是否有谁会影响自己的诅咒。她装扮成一个满脸皱纹的干瘪老太婆,这副样子让人很难忍住不笑出声来。于是,幸运的事发生了(也许是仙子们可怜森佐洛的厄运)——正当她在人群里推搡着向前,想要更仔细地看看发生了什么时,突然,她绊倒在一大袋面粉里,躺在那儿蹬着腿生气地大喊大叫,就像一条即将被油炸的裹了面粉的鱼。她看上去是那样滑稽,森佐洛突然开始咯咯地笑个不停。他笑着笑着慢慢恢复了力气,又变成了英俊潇洒的王子,变回了整个特拉基亚拉的骄傲和荣耀。

你可以想象到,当魔伽娜意识到自己打破了自己的诅咒时有多么气急败坏吧,她竟让自己诅咒去死的人又恢复了活力!然而,她对发生的事也无能为力，只能在经过王子的阳台下的时候大喊她的诅咒来报仇："森佐洛王子，特拉基亚拉的骄傲和荣耀，除非你找到三个石榴并且将其中一个娶为妻子，否则你将永远不得安宁。"说完，她挥了挥魔棒就消失了，回到了她的山洞里。

次日，森佐洛便开始了寻找三个石榴的征程。首先，他收到了父亲送给他的一双铁靴，因为这条路将会漫长又艰辛。石榴存放在两千里外山顶上的一个坚固的城堡里，并且由女巫克伦塔严加防守，困难重重。传说很多英勇的年轻人为了得到石榴都死掉了。

森佐洛一个人走啊走，经过泥泞的道路、高山的山口、深深的峡谷，经过沼泽、泥塘、湿地，穿过湍急的河流和深深的湖泊，直到他疲惫不堪，铁靴开始磨破。终于，在晴朗的一天，他看到一个非常陡峭的悬崖。悬崖顶上有一座黑石建成的城堡，恐怖骇人，难以接近。

森佐洛坐在草地上，望着远处的目标，想着如何才能到达城堡，走进去拿到三个石榴并且不被克伦塔杀死吃掉。正当他沉思着，一个小小的矮人走近他，用尖锐的声音说："请帮我摘一个橙子好吗？我太渴了，自己够不到。"

橙子就长在他旁边的树上。森佐洛站起来，摘下橙子递给矮

三个石榴

人。矮人立刻开始长大,变得越来越大,一直触碰到树顶。

"好森佐洛,"这个奇怪的生物说,"你是所有寻找三个石榴的人当中第一个注意到我,而且愿意帮助我的人。你会因为这善举而获得奖赏。跟我来,我会告诉你如何拿到三个石榴并且不被杀死。"

说着,他领着震惊的森佐洛到了树林中一个隐匿的小小木屋。他们进去之后,他给了森佐洛一些油脂、两条面包、一个手刷,说:"仔细听我说,森佐洛。你到了山顶会发现巨门会在你接近时紧闭。拿着这油脂,小心地擦在铰链上,然后门就会自己打开。等你走进院子,你会看到一条凶猛丑陋的狗,它有两个脑袋,会冲过来把你撕成碎片。但是不要害怕,把两条面包分别扔进它们的嘴里。再继续走,你会看到一个面包师在用手清洗烤箱,他想把你扔进烤得通红的烤箱里。不过你把刷子给他,他便会放过你。

"再继续走,你会看到一条很粗的绳子腐烂在脏兮兮的水坑里,你要小心地把它拿起来,放在阳光下晒干。等你做完这些,你会看到自己面前有一棵大树,树上开满了漂亮的红花,花的阴影之间长着那三个石榴。把石榴摘下来,但是不要碰到花,花是有毒的。然后,把石榴藏在你的大衣里面,用最快的速度跑出去。不过要记住,不要打开这些果实,直到你到了一处有干净饮用水的地方再打开。"

三个石榴

森佐洛听完后十分振奋,他诚挚地感谢了好心的矮人,接着继续爬上那陡峭的山,发现一切都和矮人说的一样。森佐洛很明智地小心遵从了每一句叮嘱,终于将他渴望已久、来之不易的果实摘下来放进自己的大口袋里。

但他一摘下石榴,克伦塔房间的一面大魔镜就倒在了地板上,碎成了一千片。在碎片当中,女巫看到森佐洛带着她宝贵的果实逃跑了,于是她用非常恐怖的声音大喊:"绳子,绳子,把小偷绑起来!"

"我不,"绳子说,"几百年来我一直被悲惨地丢弃在那肮脏的水坑里腐烂。这个人把我拿出来放在阳光下面,我不会伤害他。"

"面包师,我忠心的面包师,把小偷抓起来,扔进你的烤箱里!"女巫接着恳求。

"我不,"面包师回答,"这么多年我一直用自己的双手来清洗烤箱,做着苦工。这个人给了我一把刷子。让他走吧。"

"马尔瓦吉奥,我的宝贝狗,像之前一样,把小偷撕碎!"

"我不,"马尔瓦吉奥咆哮着说,"几个月以来我都快要饿死了,是这个人把我喂饱的。我绝对不会伤害他。"

"门,我亲爱的老门,关起来,把小偷碾碎!"

"我决不会那样做，"大门正在打开让森佐洛通过，吱嘎作响，"几百年了，我们都要被铁锈腐蚀干净了，是他给我们抹上油脂，让我们开心起来。我们会让他过去，决不会伤害他。"

这时，女巫发出了可怕的吼声。一道耀眼的闪电劈到山顶，把女巫、城堡还有里面的一切都吞噬了。那里光秃秃的，什么都没有留下。

与此同时，森佐洛带着三个石榴逃跑了。虽然他很想打开看看会发生什么，但是他记得矮人的忠告，耐心地等待着。

他继续走啊走，经过山川、草原、森林，终于到了一个漂亮的果园，那里长着一棵巨大的开满花的合欢树，树叶盖住了整个果园。那里有一口清泉汩汩地涌动着，纯净的泉水如水晶一般清澈透明，小溪在柔软的青草间蜿蜒流淌。

森佐洛坐在草地上，身边盛开着最美丽的鲜花。接着他拿出三个石榴，用小刀把第一个石榴打开。看啊！一位美丽的女孩从中走出来，对他行礼，接着说："给我一点儿水喝。"

王子看到这一幕震惊极了，无暇顾及女孩的请求，只是入迷地望着她。忽然，女孩消失了，没有留下一点儿痕迹。

森佐洛十分失落，他再一次拿起小刀把第二个石榴打开。又一

位美丽的女孩从中走出来，行礼之后说："给我一点儿水喝。"但是森佐洛没有用来盛水的容器。正当他疯狂地找东西来装水时，女孩在他眼前消失了，和第一个女孩一样。

可怜的森佐洛几乎要绝望地把自己的头发扯光。为了避免再一次错过，他环顾四周，找到了一个小小的白色贝壳。然后他打开了第三个石榴，十分好奇这一次会不会有美丽的女孩走出来，或者这一个是空的，还是这个女孩也会消失，让他无比绝望难过。但是当石榴打开，一位无与伦比的美人走了出来，她的脸蛋和雪一样洁白无瑕，又像玫瑰花瓣一样粉嫩，她的眼睛同特拉基亚拉的天空一般湛蓝，她的头发宛如流动的金子一般亮丽。森佐洛看到这画面呆住了，他从未见过这样美得不可思议的女孩。不过他已经下定决心，决不会再失去这无价之宝。于是，当美人说"给我一点儿水喝"的时候，他立刻递给她盛了泉水的白色贝壳。美人喝完之后，把她的手递给森佐洛，姿态如女王一般高贵美丽。王子看到历经千辛万苦和重重危险后的回报，喜不自胜。

美人菲奥拉利萨答应成为森佐洛的新娘之后，王子希望她以女王的身份进入特拉基亚拉。于是他提出要赶回家，带着马车和侍从，还有一些精美的裙装回来，这样她便能够以皇家的姿态进入王宫。菲

奥拉利萨很乐意地答应了，说她这期间会爬到合欢树上，藏在树枝间，因为她不想被其他人看到。森佐洛帮助她爬上树，然后匆匆忙忙地离开了。他急切地想要王国的臣民看到他寻找已久的新娘有多美丽。

但是魔伽娜因为森佐洛和矮人破坏了自己的计划而无比愤怒，她想出了一个阴谋来伤害王子和他的新娘。她迅速地派出她的仆人斯梅拉迪纳·莫拉，世界上最丑陋的人，去赶在森佐洛回来之前杀掉可怜的小菲奥拉利萨。

斯梅拉迪纳·莫拉提着一个木桶，来到泉水边，看到菲奥拉利萨在水中的倒影。这样美丽的女孩让她无比嫉妒，于是她更加急切地执行邪恶女主人的阴谋。"哦，世界上最最可爱的美人啊！"仆人大声说，抬头看着树枝，"告诉我，你为什么要藏在合欢树上呢？你该在漂亮的宫殿里闪耀。"

菲奥拉利萨又美丽又天真。她告诉斯梅拉迪纳，王子回去取马车来接她去特拉基亚拉。这让斯梅拉迪纳非常确定这就是她要杀害的目标。她说："美人啊，要是你愿意，我会爬上树为你梳头发，让你比现在好看一千倍，森佐洛大人也会更加爱你。"

"哦，求求你，请上来吧，让我变得更加美丽！"菲奥拉利萨急

切地喊道。于是恶毒的仆人爬到树上坐在女孩身后,假装要帮她梳头发,却拿出一根别针扎进菲奥拉利萨的头上,女孩立刻变成了鸽子飞走了。然后斯梅拉迪纳扔掉自己的破衣裳,取代菲奥拉利萨在合欢树上等待,她看上去就像翠绿背景中一块难看的黑石头。

当森佐洛带着随从回来的时候,等待他的不是可爱仙子,而是丑陋的女巫,你可以想象出他有多么震惊和愤怒!他怒火冲天,几乎想要杀掉她,但是狡猾的仆人说:"不要生气,我的王子。我在等待的时候阳光把我晒黑了,不过很快我就会恢复本来的肤色。"

做什么都于事无补了。斯梅拉迪纳穿上为菲奥拉利萨准备的华丽婚纱,一队随从朝着城镇前进。王子一想到他的臣民会怎么看他,就气得脸色涨红。因为他已经许诺会带回来一位绝世美人,而现在他却带回来一个丑陋的、黝黑的仆人。

国王和王后看到这一幕时也惊讶不已。但是,一切已经准备好了。于是婚宴开始,特拉基亚拉多年未见的盛大庆祝宴会也就此展开。

到了婚礼晚宴的时候,森佐洛坐在恐怖的新娘身旁,既悲惨又绝望。这时,一只白鸽从敞开的窗户飞进房间,在王子的肩上落脚。斯梅拉迪纳看到之后想要抓住白鸽,但森佐洛把鸽子放在自己手上,

三个石榴

轻轻地抚摸。鸽子再一次飞到他的肩上,在他耳边低声说:

"英俊的王子,即将新婚的王子,

我请求您,拿掉我头上的别针。"

森佐洛听到后,用手指摸了摸鸽子的小脑袋,找到别针后小心翼翼地拔了出来。忽然间,美丽的菲奥拉利萨出现,就和她藏在合欢树上时的样子一样。

王子找回了他真正的新娘,高兴极了,下令让她换上宫殿里能找到的最精美的婚纱。菲奥拉利萨在精致的蕾丝和银线飘飘的头纱下更加动人。接着他领着美丽的菲奥拉利萨来到国王和王后面前,告诉他们是邪恶的斯梅拉迪纳·莫拉造成了这一切,让她变成了一只鸽子,而自己取而代之。因此,国王下令,把斯梅拉迪纳和魔伽娜绑起来扔进了海里,这样她们就再也无法伤害别人了。而森佐洛和菲奥拉利萨结婚之后在美丽的特拉基亚拉幸福地生活在一起。那之后,世界上没有王子像他一样英俊潇洒,也没有公主可以和石榴公主的美丽相提并论。

小懒虫的故事

很久很久以前,在亚平宁山脉山坡上的一个小村庄里,有一座石头小屋,里面住着一位叫作玛丽亚阿姨的老妇人,她的女儿罗塞拉即将十七岁了。罗塞拉是邻里最漂亮的女孩,很多人认为她是国家方圆几里之内最美的人。她一头乌黑亮丽的可爱卷发垂在肩膀上;她的眼睛又大又亮,和纯净明亮的天空一样;她的五官像是被精心雕琢过;肤色粉红,身材高挑又苗条。她的美丽的的确确无可挑剔,不过她却是个世上少有的小懒虫。因为这一点,无论她的妈妈怎么做,她的衣服永远脏兮兮的,头发总是蓬乱不堪,乱糟糟地糊在脸上和脖子上。她的脸和手似乎从来没有碰过水。因此即便她天生丽质,看上去却并不讨人喜欢。在村子里,人们都叫她"小懒虫",她在家里或者

田地里从来没帮助过妈妈,而是到处闲逛、聊天,在她家院子里的栗子树下面乘凉。

玛丽亚阿姨总是一遍又一遍告诉罗塞拉,除非她能改变她的懒惰,否则不会有好下场。女孩的本性不坏,相反,她是个非常甜美温柔的女孩,但是无可救药的懒惰让她没办法听从劝告,也没办法让自己进步。

这种情况持续了很长一段时间。终于,一天早上,玛丽亚阿姨失去了耐心,把仍然躺在床上不愿起来的罗塞拉喊来,说:

"罗塞拉,我受够你了。今天是你最后的机会。我现在要去市集了,等我回来,我希望看到小屋干干净净,晚餐的蔬菜和水果都准备好,而且你要把饭做好。如果你让我失望,我就会狠狠地打你一顿,然后把你彻底赶出去。"

罗塞拉听到这些,开始哭起来,并且保证她会做到妈妈所有的指示。于是玛丽亚阿姨最后威胁地瞪了不听话的女儿一眼,拿着装满鸡蛋、黄油和水果的篮子离开去了市集。

妈妈离开后,罗塞拉看了看她应该做的事情,然后自言自语道:

"其实没多少东西,我一会儿就能做完。我真的必须要干活了,

小懒虫的故事

妈妈今天早上是认真的。不过还有很多时间去做呢,妈妈很晚才回来,我一下午就可以全都做完,今天上午就不要待在屋里浪费美好的时间了。"

说着她便离开了,留下乱糟糟的一切,跑去自己最喜欢的树荫下,吃着她在壁橱里找到的无花果和桃子。有了这些愉快的消遣,时间过得飞快。最后,当罗塞拉从梦乡中醒来的时候,太阳在辉煌的金色之中逐渐落下去,栗子树林暗了下来,夜晚的鸟儿开始唱歌。农民们也从田地里回家,肩上扛着农作的工具,齐声唱着歌。

女孩害怕起来。她匆忙跑回家,生起火,把肉放在炉子上,但是她忘记了放水。所以当她浑身是泥(她本想挖一些土豆)从花园里回来的时候,发现肉全都粘在锅底烧焦了,房间里全都是烟,差点把她呛死。这时在外面劳累了一天的玛丽亚阿姨回到家,却发现罗塞拉浑身脏兮兮的,在满是烟的房间里发着牢骚,地板上全是泥土,床还没有铺好,晚饭全部烧焦了。玛丽亚阿姨气得不得了,她没说一句话,抓住她的女儿,开始用木棍狠狠地打她。

几分钟之后,她还在打着罗塞拉,这时年轻英俊的国王正好经过。听到罗塞拉刺耳的尖叫声,他便派两位随从前去查看发生了什么,因为国王决不允许他的臣民在他不明原因的情况下这样大声地

小懒虫的故事

哭泣。

两位官员走过去,玛丽亚阿姨看到他们走上碎石路便出门迎接。她这样回答官员的问题:"我不得不打我的女儿。因为她干起活儿来不要命,我去市集的时候她把所有的羊毛都纺完了。"

于是官员们回去对国王汇报了这些。国王知道了他的臣民中竟有这样热爱劳动的人,十分震惊,说自己一定要见一见她。整个队伍全都前去小屋。与此同时,玛丽亚阿姨正在把罗塞拉收拾干净,所以她现在看起来又是原本的样子:一个完美的、迷人的小姑娘。

看到她后,国王说:"我要看看你妈妈说的是不是真的。你会被带去王宫,要是你妈妈说的是事实,那么我便会娶你为妻。否则你会受到非常严厉的惩罚。"

国王的宫殿建在高处,俯视着整个山谷。宫殿周围是漂亮的花园和草地,看上去广阔无垠,小溪水声潺潺,小鹿在新鲜的草地上欢快地散步吃草,在大树的绿荫下乘凉。房间里全都是金银装饰,几百位仆人随处可见,全都准备好听从国王指令。

罗塞拉被带到地下室的一个大房间,里面放满了质量上乘的生棉花和丝绸。在房间的角落放着一架纺车。

"看到了吗?"国王对罗塞拉说,她正困惑不解地环顾四周。"这

小懒虫的故事

些都是你的嫁妆。两周内你要全部精心纺好。如果事实证明你的母亲说的是真的,那么你便是我的王后,和我共享这华丽的宫殿。但如果我被愚弄……"他做了一个威吓的姿势后便离开了房间,留下罗塞拉一个人干活。

罗塞拉根本不知道怎么纺线,要是全都做完,她得整日整夜不停地干活,而且还要干得又快又好才行。然而,她一看到这些东西就要晕过去了。她把时间全都用在吃吃喝喝上,门外为她准备了很多好吃的东西,这样她便可以不被打扰,还能透过一扇小窗户看到外面的美景。

时光飞逝。突然,罗塞拉意识到只剩下三天来完成任务了,她害怕得发抖。让国王发怒可不是件好事。没准他们会把她杀掉,或者把她关进黑黑的监牢里,让她自生自灭……这个孩子开始为自己的懒惰感到悔恨,于是试着坐在纺车前,可是她没有一点儿耐心,把线纺得乱七八糟。而且,在这么短的时间里完成一半都是绝对不可能的。女孩绝望地趴在地板上,号啕大哭。这时她听到有微弱的声音说:"你怎么了,为什么哭得这么大声?"

罗塞拉向上看去,一个丑陋的小巫婆正在窗口瞄着房间往里看。她看上去皱皱巴巴、瘦骨嶙峋,跨着坐在树枝上。这是她被带到宫殿以来第一次和人说话,于是她把自己的烦恼全都倾诉出来了。

老婆婆认真地听着,接着用又尖又细的声音说:"我会帮你解决这个问题,不过你要答应我一件事。"

"是什么事?"罗塞拉大声问,"只要在我的能力范围之内,我愿意做任何事,只要你帮我解决这可怕的麻烦。"

"你必须答应我,等你和国王结婚之后,把国王送你的第一条裙子给我。"

这并不难做到,所以罗塞拉高兴地答应了,坐到了房间的角落。同时,老巫婆赶忙拿出一架小小的金纺车,迅速地纺起线来。等到国王规定的最后一天的凌晨,老巫婆带着纺车从窗户离开,仍然坐在之前的树枝上。看到纺好的几千束最柔软的丝线和最精美的线团用淡粉色的丝带漂亮地捆在一起,罗塞拉震惊极了。这的确是非常赏心悦目的场景,罗塞拉开心地跳起舞,拍起手。

早上,走廊里传来了很大的响声,国王和太后带着一群侍女和侍卫走进房间。

看到线团都漂亮地纺好了,所有人都十分惊讶,国王甚至不敢相信自己的眼睛。他们检查欣赏过之后,国王带着罗塞拉去了一间有织布机的房间,他告诉她,自己对她目前的成果很满意,不过她现在

必须要把这些纱线全部织成精致的绸缎和棉布，而且要在两星期内完成。之后他再一次离开了，留下罗塞拉一个人。

罗塞拉讨厌织布，当然了，她并不会织布。而且，要做的工作太多了，只有技艺非常娴熟、手脚麻利的织布工才能在这么短的时间内完成。她再一次把时间花在吃东西和睡觉上面，除此之外，就只是看着这些纱线团。它们被优雅地摆放着，光看着它们就是一种享受。时间分分秒秒地过去，突然，罗塞拉意识到只剩下三天就是国王约定的日期，然后她便会因为自己的懒惰和疏忽惹国王发火。她是多么蠢啊，她想着，她甚至根本没有尝试过！也许要是她能完成一半的话，可能会因为之前出色的工作而被原谅呢。现在她连这个好机会也彻底错过了。她十分难过，哭了起来，不知道该怎么做。正当她抽泣着，另一个满脸皱纹的小巫婆——可能是之前来过的老巫婆的姐姐——从天花板上进来，轻盈地落在罗塞拉的脚边，让人看不到任何她经过的痕迹：

"怎么了？我的美人？"她问道。

罗塞拉朝着纱线团的方向挥了挥手，解释了她目前的困境。

"就这件事吗？没必要哭，别哭坏了你美丽的眼睛。要是你答应把你的婚宴餐桌上第一个盛菜的盘子给我，我就向你保证一切问题都

小懒虫的故事

能解决。"

罗塞拉擦干了眼泪。毕竟这个要求十分合理,她想,拿到第一个盘子放在一边应该并不困难。所以她答应了——她没有任何办法,想到自己要被扔进宫殿的监牢几乎吓得要死。然后老巫婆拿出一架小小的金织布机,在纱线团之间跳来跳去。这场景看起来好玩儿极了!戴着尖顶帽子的老巫婆骑在她的棍子上,朝四面八方尽情挥舞她的魔棒,嘴里念着奇怪的咒语。还有一只梭子在房间里不停地忙碌着,使出全身的力气干活。这场景持续了三天,最后,老巫婆从她进来的天花板中消失了。

等到国王规定的那一天早上,国王和他的队伍前来检查一切是否都按时完成了。他们全都惊呆了:在四面墙边的架子上,摆放着成捆成捆的精美丝绸和棉布,全都织得漂漂亮亮,用蓝粉相间的丝带系好。罗塞拉靠在其中一个架子上休息,她开心地笑着,光彩夺目,明亮的蓝眼睛比往日更加有神,更充满活力。

国王对罗塞拉的聪明伶俐惊叹不已。他拉过她的小手放在自己手里,对她说,她的考验很快就要结束了。在接下来的两个星期,她要用所有的布料缝制成她的嫁衣。然后他便会让她做王后,让她的生活无比幸福。

等他们全部离开之后，罗塞拉想着自己真的要成为王后了，开心地跳着舞。她像往常一样开始吃吃喝喝，从未想到她至少要试着开始缝制她的嫁衣。

"好心的仙子会来帮忙的，"她对自己说，"我担心什么呢？"

就这样，她像往常一样打发着时间，吃饭、睡觉，此外什么也没做。直到离约定的那天还剩下两天半时间了，仍然没有任何人出现。

正当罗塞拉沮丧起来的时候，突然间，一个丑陋的老巫婆从地板上钻出来。

"哈，哈，我的美人，你在这儿啊！我因为昨天晚上在森林里开会有些耽搁了。你想要把嫁衣全都缝好，对吧？"

"是的，好心的仙子，请帮帮我！"

"我来就是做这件事的。不过，你必须要先答应我，把你的第一个儿子送给我，除非你能猜出来我的名字。"

"啊！"罗塞拉惊恐地向后跌了几步。要是她有一个可爱的粉粉嫩嫩的小婴儿，却不得不送给那个恐怖的巫婆……这绝不可能！

"还有，我必须要警告你，"巫婆继续说道，"除非你答应我刚才提出的条件，否则我不仅不会帮你作嫁衣，我的姐妹完成的工作也都会被魔法收回。那样国王就会知道你是怎么作弊欺骗他的，然后他会把你绞死。"

罗塞拉认真地思考了一会。接着，她忽然下定了决心，大喊："好，我接受你的条件。"

巫婆露出了丑陋的微笑，她可怕的脸扭曲在一起。她拿出一根金针开始干活。两天半的时间过去了，钟声敲响十二下之后，她便从地板消失了，对罗塞拉挥着皱皱巴巴的手：

"别忘了把你的孩子给我！"

早上，当国王和他的随从来查看的时候，他们全都惊奇地盯着眼前架子上摆放着的漂亮衣服。但是，罗塞拉却脸色苍白，沉默地站在那儿，她眼睛里的光全都消失了。国王走到她面前，把她温柔地抱进怀里。"你看起来多么苍白疲惫啊，可怜的宝贝！"他说，"我怎么能这样残忍，让你一个人干这么重的活儿？从今天开始，你再也不需要做任何工作了，因为明天我便会娶你，你就是我的王后。"

第二天，他们举办了一场盛大的婚礼，罗塞拉穿着金线和银线缝制的婚纱，美丽得无法用任何语言形容。女孩已经把国王送给自己的众多裙子里的第一条放在一边，说这是她承诺过的事。在婚宴上，国王也没有让她为难，允许她把第一个盘子带回房间，他以为这或许

小懒虫的故事

是他亲爱的小夫人的某些爱好。晚上,国王和他的大臣仍然在商议事情,罗塞拉穿上一件大大的黑斗篷,拿着裙子和盘子跑进了森林。很快她便找到小屋,三个巫婆围坐在火边。

"好极了!"头两个女巫急切地抓着她们的东西大喊。"别忘了我的那份!"第三个女巫叫着。罗塞拉恐惧地颤抖着跑出去,因为她害怕被人看见,还怕国王找不到自己。但没有人看到她,她回去的时候国王仍然在和大臣们议事,所以一切都很顺利。

有一段时间,宫殿里的一切的确都十分美好。罗塞拉非常幸福,因为国王深深地爱着她,愿意满足她想要的一切。但她一直有个心结,因为她曾经答应巫婆,要把自己的第一个孩子给她。没多久,一个可爱的小婴儿便降临在罗塞拉身边。国王满心欢喜,而可怜的小王后却担心得不得了,发了高烧,不得不在床上休息。王国里所有的医生都十分担心她的状态,她看上去似乎根本不会好转。国王尤其感到悲伤,总想让她振奋起来,跟她讲着可爱的孩子一天天长得越来越漂亮。但是罗塞拉漂亮的大眼睛因为哭得太多而失去了光彩,她无论如何也没办法开心起来。在夜里,偌大的官殿寂静无人时,小王后常常会起来踮着脚走到小婴儿的摇篮边,把孩子紧紧地抱在怀里,轻轻地耳语:"我自己的宝贝!我决不会把你送给老巫婆,我宁愿被千刀

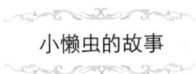

小懒虫的故事

万剐也不会这样做。"日子一天天过去,王后知道是时候履行她的承诺了,否则老巫婆肯定会狠狠地报复她,这让她更加担心。而宫殿里的所有人都不开心,因为美丽的王后身体抱恙,不见好转。

有一天早上,国王和一位朋友出去检查他刚下达的命令是否执行了。他们穿过一片茂密的森林时,经过一个小木屋,里面传来了奇怪的声音。

于是他们停下来听了一会,走近一点儿后可以透过一扇小木窗看到三个老巫婆,一个比一个丑陋。她们围坐在一个大火炉边,上面一口巨大的铜锅正在沸腾。其中最老也最丑陋的一个,她尖尖的鼻子几乎可以触碰到下巴,正在吹着火苗让它烧得更旺,同时还哼着小曲儿,另一只手左右扇来扇去。

这一幕简直太古怪了,国王和他的朋友停下来看了一会儿。于是他们便听到了巫婆哼的歌,歌词是这样的:

"美丽的罗塞拉王后,

你永远不会知道我的名字,

我叫作迪林迪纳·迪林德拉,

没有人知道。

等我们拿到小婴儿,

就扔进铜锅里炖着吃。

那该是多么美味的佳肴啊，

我会开心得不得了！"

"哦，天啊，多么有趣！"国王大声说，"你听到了吗？我必须得赶回家告诉我的妻子。她听了肯定会被逗乐。"于是他们俩一起回王宫，路上国王一直重复着这首小曲儿，生怕自己忘记。他们一回到宫殿，国王就跑去王后的房间，他看到罗塞拉正心情低落地将婴儿紧紧抱在胸前。

"亲爱的，你绝对猜不到我今天早上看到了什么。"国王高兴地说。于是他把自己走进森林，看到小木屋里老巫婆的事情全都告诉了她。接着他重复了一遍那首小曲儿，听到第一句罗塞拉的脸色更加苍白了。不过等他说到巫婆的名字，她突然眼前一亮，开始大笑起来。她已经几个月没有笑过了。

"亲爱的，太好了！"她大喊，拍着手，"你说她的名字是什么？"

"我记得是迪林迪纳·迪林德拉。我肯定，就是这个名字。"

"迪林迪纳·迪林德拉！哦，多有趣！"罗塞拉笑着。

"看到你笑真是太好了，我就知道这个故事肯定能把你逗乐。你看上去好多了。"

"我也感觉好多了。"罗塞拉说,"笑一笑对我很有帮助。"

罗塞拉一整天都重复着那个滑稽的名字,生怕自己会忘记。等她一有机会独处时,就套上大斗篷跑进森林。三个老巫婆仍然和往常一样坐在火炉边,看到罗塞拉进来,她们丑陋的脸上露出了狂喜的表情。

"啊,你终于来了!"迪林迪纳·迪林德拉说,"我们等得够久了,孩子在哪儿?"

"好啦,好啦,耐心点,"罗塞拉回答,"先让我猜猜看你的名字吧。"

"啊,我的名字!"老巫婆大笑,"你真的以为你能猜出来吗?没有人知道,甚至连风都不知道。我会得到你的孩子,哦!是一顿多么美味的早餐啊!"

"至少让我试一试吧。"王后说道。然后她开始说出孩子降生以后她想到的所有滑稽的名字。

巫婆一直摇着头,然后她咆哮着:

"我告诉过你没有用!来,把孩子立刻带过来!"

"我该真的告诉你吗?"罗塞拉笑着,"你的名字是迪林迪纳·迪林德拉,再见,下次好运了!"

王后跑回宫殿，留下三个困惑又愤怒的老巫婆。

不必多说，在这之后罗塞拉完全恢复了健康，王国里再也没有比她和她的小儿子更让人赏心悦目的了。你可以想象一下国王有多骄傲，他们一家三口从此幸福地生活在一起。罗塞拉现在已经吸取到了教训，她必须要勤劳，不管是农民家的女儿还是王后，懒惰都会让人吃苦头。她吸取到的教训的确十分有益。